최고의 이혼①

최고의 이혼 ①
最高 の 離婚

사카모토 유지 원작 ｜ **모모세 시노부** 노벨라이즈
추지나 옮김

박하

"괴로워요. 괴롭습니다.
결혼이란 길고긴 고문입니다."
미쓰오

"당신은 날 좋아하지 않아!
당신은 당신 자신밖에 사랑하지 않아!"
유카

"당신 같은 사람,
죽어버렸으면 좋겠어."
아카리

"다음에 바람을 피우면
내 거기를 잘라."
료

최고의 이혼

"괴로워요. 진짜 괴로워 죽겠다니까요. 결혼이란 인간이 스스로 만들어낸 가장 고통스러운 병이 아닐까요. 아니 그보다 그런 고문 있잖아요. 똑바로 앉아 있는 무릎에다 바위를 얹는다든가, 물레방아 같은 데 묶어서 빙글빙글 돌리는 그런 거 말이에요. 결혼은 길고 긴 고문이에요."

퇴근길. 정장 겉옷을 벗은 하마사키 미쓰오는 한숨을 푹 쉬었다.

"가끔 그런 생각을 해요. 아무도 없는 산속 깊은 곳에서 고양이랑 살고 싶다고 말입니다."

미쓰오는 치과 진료대에 앉아 쉴 새 없이 말을 쏟아냈다. 치료를 마치고 몸을 일으키던 참이었다. 말문이 멈추지 않을 때가 있다. 속내를 다 쏟아내고 싶은 욕망을 참을 수 없다. 평소에 그렇게 수다쟁이는…… 아니라고 본인은 생각한다. 하지만 도저히 멈춰지지 않는다.

"입 헹구세요."

치과 위생사인 우미노 나나의 말에 "네" 하고 순순히 대답하며 입을 헹군다.

"아내랑 막 결혼했을 때입니다. 둘이서 편의점에 갔죠. 아내는 죽순마을(초콜릿 과자로 죽순 모양과 버섯 모양이 있다-옮긴이)을 장바구니에 담더라고요. 헉 하고 충격받았죠. 이 사람은 버섯을 고르지 않는구나. 나랑은 절대 안 맞는 사람이구나 했다니까요. 제가 레드와인을 마시고 싶을 때면 꼭 화이트와인을 따요. 점심에 돈가스를 먹었으니 저녁에는 돈가스만 아니면 뭐든 다 괜찮다, 라고 생각하면 돈가스를 먹고 싶다고 하는 사람이죠."

"의자 내리겠습니다."

늘 혀 짧은 소리로 말하는 나나가 버튼을 누르자 의자가 내려간다.

"결혼하고 2년이 채 안 됐지만 마음이 맞은 적이 없어요. 본인 입으로는 자기가 후지산을 보고 자라서 대범하대요. 그냥 덜렁대는 인간인데 말입니다. 영화 보러 가기로 약속했잖아요? 그럼 열에 아홉은 지각해요. 당연히 영화는 시작됐죠. 그런데 본대요. 10분밖에 지나지 않았다면서요. 기껏해야 무슨 일이 조금 벌어지는 게 다 아니냐면서요. 그 사람한테 10분이라는 시간은 있든 없든 마찬가지인 거죠. 그동안 주인공의 성장배경이 나오든 영화의 중요한 테마가 담겨 있든, 그 사람한테는 그냥 무슨 일이 좀 있었을 뿐인 거죠. 그런 사람이랑 같이 영화 볼 수 있겠어요?"

저도 모르게 몸을 일으킬 뻔한 미쓰오에게 "결혼 생활은 쉽지 않네요"라며 구강세정기를 든 나나가 처음으로 미쓰오의 이야기에 반응했다.

"계절로 치자면 장마예요. 관혼상제 중에서는 상(喪)이라고 봐야죠. 가구라면…… 뭐가 좋을까……."

"하마자키 씨, 입 안을 세정하겠습니다."

"하마'자'키가 아니라 하마'사'키라고요."

미쓰오는 곧바로 정정했다. '자키'가 아니라 '사키', 그리고 하마는 어려운 한자인 '물가 빈(濱)'을 쓴다.

"단 거 먹어도 되나요? 어제 하기노쓰키(미야기 현의 명물 카스타드-옮긴이)를 받았거든요."

미쓰오는 세정을 마치고 치료비를 지불하면서 나나에게 물었다.

* * *

치료를 마치고 집으로 향했다. 메구로 강에 놓인 다리를 건너 골목으로 들어가면 1층이 세탁소인 건물이 나온다. 2층으로 올라가자 현관에 어지럽게 벗어 던진 여자 구두들이 보였다. 말문이 막혀 휴우 하고 한숨을 내쉬고는 하나씩 가지런히 정리한다. 그때 쏴아아 변기 물을 내리는 소리가 들렸다.

"왔어?"

아내 유카가 부스럭부스럭 옷을 정리하면서 나왔다. 유카를 따라 미쓰오도 거실로 들어간다.

"안녕하세요!"

대여섯 명의 여자들이 하기노쓰키를 먹으면서 미쓰오를 쳐다보았다.

* * *

"내가 딱히 하기노…… 내 하기노쓰키를 먹었느니 안 먹었느니, 그런 자잘한 걸 따지려는 게 아니야."

싱크대 앞에 서서 설거지를 하는 미쓰오의 손에서 그릇들이 덜그럭덜그럭 소리를 낸다.

"그럼 뭣 때문에 화내는 거야?"

"화 안 났거든."

유카는 짐볼에 걸터앉아 안마봉으로 어깨를 두드리고 있다.

"화났다, 즐겁다, 둘 중에 고르면?"

"그럼 화났어."

"것 봐."

짐볼에서 출렁출렁 몸을 튕기는 유카 옆을 지나, 테이블 위에 어질러진 하기노쓰키와 컵을 치운다. 방 하나에 거실과 주방이 딸린 좁은 집은 너저분했다. 미쓰오가 아무리 바지런히 치워도 치워도 잡동사니로 넘쳐난다. 주방과 거실 사이에도 선반이 놓여 있어 지나다니기 불편하다.

"화가 났다 치면 났다고도 할 수 있겠지만, 그걸 여러 종류로 나눈 복잡한 체계 안에서는 꼭 화가 났다고 말할 수는 없어."

유카는 소파로 옮기더니 털썩 드러눕고는 어깨를 팡팡 두드렸다.

"친구가 고민 상담 좀 해달라는 데 그게 잘못된 거야?"

"이야기는 욕실 보일러를 끄고 나서 하라는 거야."

미쓰오는 울화통을 터뜨리듯이 컵을 박박 문지른다.

"본 사람이 끄면 되잖아."

"왜 책임을 전가하지? 나는 언제 들어갈지 몰라서 참고 있었는데."

미쓰오는 소파 쪽으로 걸어가 "잠깐 미안" 하고 베란다 쪽 창문을 열었다.

유카가 다그친다.

"일주일 전부터 동창회 한다고 했어."

"못 들었어."

미쓰오도 지지 않고 되받아친다.

"당신이 남의 얘기를 듣지 않으니까 그렇지. '동창회? 촌스럽게 뭘 그런 걸' 그런 표정이었다고."

"안 그랬어."

"그랬어. 그래, 당신은 머리가 좋으니까. 그러니까 남의 흠집도 눈에 잘 들어오겠지. 그래서 남의 흠집을 일일이 늘어놓는 게 그렇게 즐거워?"

"됐어, 이제."

미쓰오는 한숨을 쉬었다.

"당신이 먼저 말을 꺼냈잖아."

유카는 침실로 가다가 돌아서서는 "동창회 한다고 말했어"라고 했다.

말다툼은 점점 처음 얘기와는 관계없는 화제로 바뀌어간다.

"당신네 가게잖아. 당신 아버님이 세탁소를 접고 시골에서 살겠다고 했을 때, 가게는 남기고 싶다고 한 사람은 당신이잖아?"

"그야 당신이 뭐든 돈벌이를 하고 싶다고 하니까 그런 거잖아."

"왜 내 탓으로 돌려?"

"피해망상이 너무 심한 거 아냐?"

"평소 가게 일은 손 하나 까딱하지 않는 주제에 참견만 한다니까."

그러다가 결국 가장 골치 아픈 화제에 도달한다. 아이를 갖느냐 마느냐 하는 문제다.

"내가 아이 안 좋아하는 거 알잖아?"

기르는 고양이 마틸다를 끌어안고 미쓰오는 부엌에서 술을 마시는 유카에게 말했다. 집에는 고양이가 두 마리. 다른 한 마리 이름은 핫사쿠다.

"알지만 언젠간 갖고 싶다는 마음을 그런 식으로 대놓고 부정당하면 당연히 섭섭하지 않겠어?"

"그러면 처음부터 상대를 잘못 골랐네."

"흐음, 그런 식으로 나오시겠다? 그렇게 생각한다, 이거지?"

미쓰오는 말이 좀 심했나 싶었지만 가는 말이 고와야 오는 말
도 고운 법이다.

"네가 그렇게 생각하지 않냐는 소리야."

유카도 오기를 부린다.

"그러면 어쩔래."

"실수한 거 아냐?"

"실수라니 뭘? 결혼한 거?"

말다툼이 끝 간 데까지 치달은 두 사람은 흥 하고 서로 얼굴을
돌렸다. 두 사람 사이에 침묵이 흐른다. 얼마 안 있어 바스락거리
는 소리에 미쓰오가 돌아보니 유카가 상자에서 꺼낸 하기노쓰키
를 덥석 물었다. 마지막 한 개 남은 하기노쓰키다.

아…… 미쓰오는 말문이 막혔다.

* * *

말다툼은 새벽까지 이어지다가 어슴푸레 날이 밝을 무렵, 한
가지 결론에 이르렀다.

"아, 메구로 구청인가요. 이혼하려고 하는데요."

미쓰오는 메구로 구청에 전화를 걸었다. 24시간 창구가 전화
를 받았다.

"가능하면 지금 당장 하고 싶은데요. 그게, 서류라고 해야 하
나, 이혼신고서라고 하나요? 몇 시면 그걸 받아서 제출할 수 있
을까요? 네? 아, 그렇군요. 다운로드? 다운로드를 할 수 있군요.

다운로드해서 프린트……."

노트북을 열어 이혼신고서라고 검색하자 이혼신고서 PDF 파일이 나왔다. 프린트해서 미쓰오가 먼저 작성하기 시작했다. 테이블 맞은편에 앉은 유카는 졸린 눈치다. 입도 가리지 않고 입을 쫙 벌리고 하품을 하는 유카에게 서명하고 인감을 찍은 이혼신고서를 건넨다.

유카는 하품을 연발하면서 써내려 간다.

"아, 잘못 썼다."

주방에서 물을 마시려던 미쓰오는 고개를 저으면서 서류를 다시 프린트했다. 이번엔 끝장을 보겠다는 듯 유카 뒤에 서서 감시한다.

유카는 "지켜보면 신경 쓰이는데……"라면서 다시 작성하기 시작했다.

"거봐, 또 틀렸잖아. 아 몰라, 이걸로 제출해버려."

"안 된다고. 이건 엄연한 공적 서류잖아."

완전히 될 대로 돼라의 심정으로 미쓰오가 분노를 담아 인쇄 버튼을 누른다.

"걸렸나 봐."

유카가 프린터를 들여다보더니 말했다.

"건드렸어?"

"안 건드렸어."

미쓰오는 프린트 뚜껑을 열고 걸린 용지를 뽑으려 했지만 뜻대로 되지 않았다.

"그러니까 프린터 새로 사자고 했잖아."

유카는 하품을 하며 불평을 늘어놓는다.

"아직 쓸 만해."

"연하장 뽑을 때 줄이 찍찍 들어가서 곤란했다고. 그때 내가 사
자고 했잖아."

"조용히 좀 해. 지금 섬세한 작업을 하고 있단 말이야."

"종이도 떨어졌어."

유카가 만사 귀찮다는 표정으로 말했다.

"돈키호테(다양한 물건을 저렴하게 판매하는 잡화 체인점 – 옮긴이)
에서 사면 되잖아."

"돈키호테에서 산 종이로 이혼신고서를 뽑자고?"

"지금 프린터에 걸린 종이도 돈키호테에서 걸……, 산 종이야.

유카는 소파에 엎드려서 말한다.

"난 안 가. 추워."

"그럼 이거 어쩔 건데. 신고 안 할 거야?"

미쓰오가 이혼신고서를 눈짓으로 가리키면서 입을 삐죽인다.

"종이도 걸렸잖아."

"그래 걸렸다고. 안쪽에 걸려서 안 나와."

"종이 빼면 깨워."

유카는 그렇게 말하더니 담요를 뒤집어쓰고 소파에서 잠들어
버렸다.

* * *

"결국 그냥 그대로예요. 늘 그렇죠. 결국, 아내는 헤어질 마음 따위 없는 겁니다. 그냥 기분 풀이? 아니 쇼죠, 쇼. 결혼 생활이란 말이죠, 매일 벌어지는 쇼, 평생에 걸친 쇼예요. 괴롭다, 아 괴롭다."

이날도 미쓰오는 치과 진료대에 앉아 평소처럼 투덜거렸다.

"치료, 시작해도 될까요?"

그 물음에 고개를 끄덕이고 입을 크게 벌렸다.

* * *

며칠 뒤. 미쓰오는 알람 소리로 눈을 떴다. 이상하게 춥다 했더니 유카가 이불을 빼앗아 혼자 덮고 있다. 미쓰오는 안대를 벗고 안경을 쓰면서 잠버릇이 고약한 유카를 흘끔 보고는 침실을 나와 양치질을 했다. 세수를 한 뒤 세면대에 튄 물을 꼼꼼하게 훔쳤다. 생선을 구우면서 달걀 프라이를 만들었고, 된장국을 끓이기 위해 정성껏 육수를 냈다. 고양이들에게도 사료를 주고 베란다에 나가 분재를 다듬었다. 분재와 고양이를 바라볼 때가 미쓰오에게는 소소하게 행복한 시간이다.

그때 "아으, 추워"라면서 유카가 하품을 하며 일어났다. 앞머리를 상투처럼 고무줄로 묶고 "아이고 추워라, 추워"라며 화장실을 간다. 얼마 뒤 칫솔을 입에 문 채 나오더니 소파에서 뒹굴거렸다.

미쓰오가 화장실에 가니 물을 그냥 틀어놨다. "말해봐야 내 입만 아프지." 투덜거리면서 유카가 아무렇게나 내던져놓은 수건을 개고, 물에 젖은 세면대를 닦고 열어놓은 수납장을 닫는다.

옷을 갈아입고 넥타이를 매며 텔레비전의 일기예보를 보니 강수확률이 10퍼센트라고 한다. 3단우산을 가방에 챙겨 넣고 소파를 바라보았다.

유카는 칫솔을 문 채 자고 있다.

"일어나지?"

"일어날 수가 없어. 일어나고 싶지만 일어날 수가 없어."

눈을 감은 채 유카가 대답한다. "다녀올게." 미쓰오가 말하자 "어디 가?"라며 아직도 잠에 취했는지 엉뚱한 질문을 던진다. "회사." 그렇게 대꾸하며 나가는 미쓰오의 등 뒤로 "잘 다녀와"라며 하품 섞인 목소리가 들려왔다.

* * *

오늘 영업처는 오이 경마장이다. 미쓰오는 자판기 담당자 다다에게 명함을 내밀었다.

"이시다 씨 영업소가 바뀌어서 제가 이쪽을 담당하게 됐습니다. 앞으로 잘 부탁드립니다."

"그럼 앞으로 일요일마다 오이 운동장에 아침 5시 집합이야."

다다는 방망이를 휘두르는 동작을 하며 만면에 웃음을 짓는다.

"아, 야구 말이죠. 잘 부탁드립니다."

영업용 미소를 지었지만 야구는 전혀 할 줄 모르거니와 흥미도 없다. 건물 바깥으로 나온 미쓰오는 스크린에 클로즈업 된 패덕(Padduck, 레이스 전에 말을 관객에게 선보이는 장소－옮긴이)을 걷는 말들을 보며 위장약을 먹었다.

* * *

유카는 세탁소 카운터 안쪽에서 컵라면을 먹고 있었다.

"뚜껑은 좀 떼고 먹어."

파트타임으로 일하는 야하기 사토코가 어이없다는 얼굴로 유카를 바라보았다.

"남편한테 늘 한 소리 들어요."

"유카, 신랑한테 아침은 해줘?"

"저혈압이라 아침에 일어나지를 못하거든요."

"옛날 같으면 소박맞았을 거야."

"아, 그건 곤란한데. 친정아버지가 울 거예요."

유카는 그렇게 말하면서 이번에는 편의점 삼각김밥을 입에 잔뜩 집어넣고는 사토코가 한 말뜻을 제대로 이해하지 못해서 "소박이 뭐예요?"라고 다시 물었다.

"친정 가라는 거지."

"아내 자격 박탈? 그런 건가요?"

유카는 사토코와 한목소리로 아하하하 하고 호쾌하게 웃었다.

* * *

퇴근길, 미쓰오가 세탁소에 얼굴을 내밀었다. 전표를 체크하면서 "저녁 어쩔래?" 하고 유카에게 묻는다. 어떡할까 하며 유카가 고민하는데 남자 손님이 들어왔다. 키가 훤칠하게 크고 평범한 회사원과는 다른 독특한 분위기가 감도는 남자가 카운터 위에 종이가방을 올려놓았다.

"회원증 있으세요?"

유카가 물어도 남자는 등을 돌린 채 휴대전화를 만지작거린다. 이어폰을 끼어서 들리지 않는 모양이다. 유카는 카운터로 몸을 내밀고는 큰 소리로 "손님!" 하고 불렀다. 남자는 천천히 돌아서서 한쪽 이어폰을 뺐다.

"회원카드 만드실래요? 혜택이 있어요. 여기에 성함이랑 전화번호를 적어주세요."

유카가 카운터에 카드를 내밀었다. 남자는 '우에하라 료'라고 적었다. 료가 내민 와이셔츠를 펼치자 붉은 립스틱 자국이 남아 있었다.

"얼룩 빼드릴까요?"

"아, 예."

"알겠습니다. 와이셔츠 한 벌. 얼룩 빼기. 정장 재킷 한 벌."

재킷을 펼치니 뭔가 툭 떨어졌다. 주워 보니 인조속눈썹이다.

"버려주세요."

료는 유카의 손에 든 인조속눈썹을 보고는 대수롭지 않다는 듯 말하고 나가버린다. 가고 나서 보니 료의 회원증이 카운터에 그냥 놓여 있었다. 유카가 허둥지둥 쫓아갔지만 료는 노란색 자전거를 타고 멀어지고 말았다. 회원증에 적힌 글자는 무뚝뚝한 인상과 달리 의외로 정갈했다. 가게로 돌아가자 카운터 안에서 미쓰오가 여자를 끌어안고 키스하는 듯한 제스처를 하고 있었다. 어떻게 해야 저 위치에 립스틱이 묻는지 시뮬레이션하고 있었나 보다.

"부럽구나?"

유카는 히죽거리면서 미쓰오의 얼굴을 들여다보았다. 뻘쭘한 미쓰오가 유카의 입술을 가리킨다.

"김 묻었어."

* * *

미쓰오와 유카는 어깨를 나란히 하고 말없이 메구로 강가를 걸어 '금붕어 카페'로 들어갔다.

"할머니."

유카가 말을 건넨 카운터 안쪽에는 하마사키 아이코가 있다. 기모노를 입고 만두를 빚는 아이코는 여든 살. 미쓰오의 할머니다. 이 가게는 아이코가 경영하는 카페로 미쓰오의 누나 도모요가 남편 쓰구오와 함께 꾸려가고 있다.

이어서 미쓰오가 들어와 "할머니, 이거요"라며 오는 길에 산 군밤을 건넸다.

"어머나, 맛있겠네. 고맙구나."

자신이 아니라 유카를 향해 방긋 웃는 아이코를 보고 미쓰오는 불만스러운 표정을 지었다.

카운터에서 만두를 빚는 걸 거드는 미쓰오를 지켜보며 아이코가 말한다.

"만두 빚는 모습만 보면 반하겠다니까. 미쓰오 쟤가 이 세상에 가지고 태어난 유일한 재능이야."

"아침마다 춥죠, 무릎은 어때요?"

미쓰오의 물음에는 대답하지 않은 채 아이코는 유카를 향해 다음 주 쉬는 날에 고라쿠엔에 프로 레슬링을 보러 가자고 제안한다. 두 사람 다 프로 레슬링을 좋아한다. 미쓰오가 경멸 어린 시선을 보내며 "한심해"라고 중얼거렸다.

"경마도 한심하긴 똑같아."

유카는 그 자리에서 되받아쳤다. 아이코도 "그러게, 그런 도박 같은 게 뭐라고"라며 거든다.

"경마는 영국 신사의 운동이에요."

미쓰오도 지지 않고 우겼다.

"그냥 말이 달리는 거잖니."

"육상은 인간이 그냥 달리는 거죠. 야구는 공을 그냥 몽둥이로 때리는 거고, 춤은 그냥 관절을 움직이는 거고요."

"하여간 입만 살았다니까. 유카야, 용케도 이런 골치 아픈 내 손자랑 결혼해주었구나."

"에이, 아니에요."

"오늘 친구랑 스이텐구(항해 안전과 순산의 신을 모신 신사 ─ 옮긴이)에 다녀왔단다."

아이코는 그렇게 말하면서 작은 주머니를 유카에게 내밀었다. 주머니 안에서 '아기 점지 부적'이 나온다.

"미안하구나, 괜한 오지랖을 떤다 싶긴 했다만."

"아니에요."

"나는 남편이 몹쓸 인간이라서 이혼했잖니. 그래서 세탁소를 차리고 고생고생해서 가게를 키웠는데 아들 녀석이 프랜차이즈로 만들어버리지를 않나, 하여간 여태껏 변변한 일이라곤 없었단다. 하지만 이 나이를 먹고 보니 이렇게 마음이 맞는 손자며느리가 와주더니 틀림없이 범죄자가 될 줄만 알았던 손자를 보살펴주고 있잖니. 이제는 증손주 얼굴만 보면 내 인생에 여한이 없겠구나."

"……네." 유카는 고개를 들고 웃는 얼굴로 대답했다.

* * *

금붕어 카페에서 돌아가는 길, 미쓰오가 문득 돌아보니 거리를 두고 걷던 유카가 바로 옆에 붙어 있었다.

"……과장님이 티켓이 남는다고 했는데 말이야."

"응……?"

"봄맞이 가부키 공연. 내일 밤 두 장."

"내일 밤에는 상가번영회 호리고시 씨 댁에서 신년회가 있어."

"어?"

"말했잖아."

"이 가부키 공연은 티켓 구하기 진짜 힘들다던데."

"간다고 했는걸."

"……아, 그래. 그 사람들이랑 무슨 얘기를 하면 되나."

미쓰오는 난처하게 되었다고 생각했다.

"날씨 얘기라도 하면 되지."

"날씨라……."

"비슷한 취미 같은 거 없으려나? 아, 호리고시 씨도 이런저런 지병이 있대."

"아, 그래. 응. 알았어."

* * *

"날씨 얘기? 맑든 흐리든 덥든 춥든 인간의 힘으로는 1도 바꿀 수 없는 얘기를 해서 뭘 어쩌라는 겁니까? 지병에 대해 얘기하라고요? 뭐가 모자라서 그 구하기 어렵다는 가부키 공연을 포기하고 남의 집에서 어디가 아프다니 뭐니 하는 얘기를 해야 되는 거죠?"

미쓰오는 오늘도 치과 진료대 위에서 말을 쏟아냈다.

"본인은 자신만만해하며 미리 말했다고 했지만, 그 사람은 1월 초쯤이라고만 했어요. 초쯤이라고요. 항상 대충대충이에요. 이거나 저거나 그거나 뭐든 대충이라고요. 아니 문은 왜 맨날 열어두는 거죠? 문은 닫으라고 만든 거잖아요. 열려 있으면 그건 구멍이죠. 근데 이렇게 말하면 남자 주제에 좀생이라고 해요. 남자 주제에? 아니, 네가 좋아하는 미우라 하루마(일본의 꽃미남 배우 - 옮긴이)는 온 집 안 문을 열어놓고 사느냐고 받아치면……."

"입 헹구세요."

미쓰오는 컵의 물로 입을 헹군다.

"부인이 그렇게 아무것도 안 해요?"

나나가 미쓰오에게 물었다.

"그 꼴로 만들 거면 차라리 아무것도 하지 않았으면 좋겠어요. 가끔 생각났다는 듯이 책을 사와요.《손쉬운 정리법》,《수납왕 사모님》,《1일 10분 행복한 정리》. 정리정돈 책이 정리가 되지 않아요.《수납왕 사모님》은 두 권이나 있어요. 돌겠다고요."

얘기를 듣던 나나가 웃으며 말했다.

"용케 그런 관계로 결혼 생활을 지속하시네요."

"제가 참으니까요. 이렇게 평생 참겠죠. 괴롭다. 아, 괴로워."

* * *

그러다 결국 야구하는 날이 닥쳤다. 미쓰오는 외야를 지켰는데 공만 날아오면 매번 실수를 저질렀다. 타석에서는 삼진 퍼레이드. 회식 자리에 가도 야구를 좋아하는 다른 사람들 화제에 끼어들 여지가 없었다.

"괴로워……."

돌아가는 길에 유니폼에 겉옷을 걸친 미쓰오는 메구로 강가

길을 터벅터벅 걸어갔다. 휴대전화를 꺼내 해달 동영상을 보며 스트레스를 치유받으려 하려는데 가방에서 공이 굴러 떨어졌다. 공을 주우려고 허리를 구부린 순간…… 허리에서 으드득 하며 끔찍한 소리가 났다.

헉…… 저도 모르게 이상한 소리가 새 나오고 말았다. 몸을 일으키려 했지만 불가능했다. 노인처럼 허리를 굽힌 채 쭈뼛쭈뼛 걸었다. 분명히 이 주변에 도수치료원이 있었는데…… 간신히 목적지인 도수치료원에 도착했는데 '11월 30일부로 영업을 종료하였습니다'라는 종이가 붙어 있다.

거짓말…… 방향을 틀려는데 '본격 마사지 Se Terang'이라는 간판이 눈에 들어왔다. '아로마 테라피&타이 전통 마사지'로 '오픈 기념 특별 할인 기간'이라고 한다. 2F라는 표시가 있어서 미쓰오는 지푸라기라도 잡는 심정으로 바깥 계단을 올라갔다. 난간을 붙들고 한 계단, 한 계단 거북이처럼 천천히 올라가니 뒤에서 올라오는 발소리가 들렸다. 여성 같다.

"가게 분이신가요? 마사지를 부탁드리고 싶은데요."

"……아, 죄송해요. 저희는 남성분은…… 아로마 계열이라서요. 죄송합니다."

그 말을 듣고 포기하고 계단을 내려가려 했지만 방향을 틀 수가 없다.

"……움직이지 못 하시겠어요?"

"움직이지 못할 것 같습니다."

"무릎인가요, 허리인가요?"

"허리요."

"삐끗한 상태처럼요?"

"삐끗한 상태 맞습니다. 죄송합니다. 이 자리에서 몸을 돌려서 가겠습니다. 윽."

"아, 그럼 봐드릴게요. 들어오세요."

여자는 뒤에서 미쓰오의 팔을 잡고 부축했다. 그 바람에 "아악" 하고 괴상한 신음소리가 터져 나왔다.

"아, 아뇨, 필요 이상으로 소리를 질렀지만 괜찮습니다."

천천히 계단을 올라가면서 미쓰오는 혼잣말처럼 중얼거렸다.

"아, 이번엔 생각보다 목소리가 컸네……."

* * *

어두침침한 가게 안은 앤티크풍으로 통일되어 있었다. 매트에 엎드려 누운 채 미쓰오가 기다리고 있자 작업복 같은 시술복으로 갈아입은 여성이 망사막 너머에서 나타났다. 꼼짝도 할 수 없는 상황이라 여성이 바지까지 벗겨준 뒤 허리 마사지를 시작했다.

"힘 빼세요."

"네." 대답은 했지만 아파서 저도 모르게 힘이 들어가고 만다.

"저기 실례지만. 제 착각이면 죄송합니다만, 하마사키 씨? 아닌가요?"

여성이 묻는다.

"하마사키 맞습니다."

미쓰오는 간신히 고개를 들고 돌아보았다.

"곤노 아카리예요."

생긋 미소 짓는 사람은 분명······.

"곤노 씨. 아, 곤노 씨구나······ 윽······."

"일으키면 안 돼요."

아카리는 마시지를 계속했다.

"어······ 10년 만인가요."

"그러네요."

"느낌이 좀 바뀌었네요?"

"저요? 글쎄요. 하마사키 씨도 변했네요. 전에는 야구 할 사람 같지 않았는데."

아카리는 앉은 방향을 바꾸어 둔부를 마사지한다. 미쓰오는 예전에 사귄 여자 손에 엉덩이를 정성껏 마사지 받자 어쩐지 기분이 이상야릇했다.

"결혼하셨어요?"

"네?"

어떻게 알았나 했더니, 자신의 왼손 약지에 낀 반지가 보였다.

* * *

마사지를 마친 뒤 아카리는 허브티를 내주었다. 전에도 미인 이었지만 새삼 다시 보니 더욱 농염해진 느낌이었다.

"정말 오랜만이네요."

"이런 일을 하시는군요."

"최근에 이사 왔어요. 자택 겸 가게죠. 하마사키 씨도 근처에 사세요?"

"네, 꽤 가까워요."

"지금은 뭐하세요? 예전에는, 그래요, 동물원 사육사가 되고 싶다고 하셨잖아요."

"아, 지금은 그냥 남들처럼 자동판매기 판매 회사에 다니면서 영업 일을 해요. 야구 유니폼 입고 있던 건 접대 같은 거라고 할까요. 야구는 통 아는 게 없어서 다른 사람 이야기에 끼질 못하겠더라고요."

"아, 전에 알던 사람이 그랬어요. 야구 좋아하는 사람한테는 히로시마 팬이라고 해두면 된다고. 그러면 잘 아는 사람처럼 보인대요."

그때 여성 손님이 들어왔다.

"아, 그럼 이만."

돌아가려고 일어난 미쓰오에게 아카리가 명함을 주었다. 미쓰오도 명함을 건네면서 "또 들르겠습니다"라고 했지만 아카리가 난처한 듯이 웃는다.

"아, 아니, 남자 손님은 안 받는댔죠. 그럼 다음에 괜찮으면 차라도 한잔하시죠."

"이 주변에는 이런저런 가게가 많더라고요."

"많죠. 소개해드릴게요."

생긋 웃는 아카리의 배웅을 받으며 미쓰오는 어색한 움직임으로 가게를 나왔다.

* * *

그날 밤. 미쓰오는 테이블에 노트북을 놓고 외장하드를 연결해 데이터를 열었다. 'OLD DATA' 속 '2002'라고 적힌 폴더를 클릭한다. 한참 스크롤을 내리다가 사진 하나를 클릭했다. 스무 살 무렵의 미쓰오와 아카리의 사진이다. 빨간 소파에 기대 서로 딱 붙어 있다. 미쓰오가 팔을 뻗어 둘의 사진을 찍었다. 가슴에 기댄 아카리의 자그마한 머리 무게가 되살아난다. 저도 모르게 안경을 벗고 빨려들듯이 컴퓨터 화면을 바라보았다. 자연스레 얼굴이 헤벌쭉 풀어졌을 때 현관문이 철컥 열렸다.

"돌아왔네?"

미쓰오에게 물으면서 유카가 화장실로 향했다. 미쓰오는 그 틈에 허둥지둥 노트북을 닫았다.

* * *

유카는 오랜만에 화장이라는 것을 해보기로 마음먹었다. 낮에 사토코에게 "남편이 좋아할걸"이란 소리를 들었기 때문이다. 화장실 거울을 들여다보면서 아이라인을 그어 보았지만 잘된 건지 스스로도 아리송하다.

"뭐 만들어?"

부엌으로 나가서 요리하는 미쓰오를 화장한 얼굴로 들여다본다.

"보면 알잖아, 파스타야."

미쓰오는 유카의 얼굴도 보지 않고 대답했다. 거실로 가니 밖이 환하다.

"저기 봐. 오늘은 달이 되게 크다."

"달은 커지지 않아."

"응? 하지만 큰걸. 봐, 저기 봐."

"그건 대상물에 따른 눈의 착각이야."

미쓰오는 유카를 보고도 변화를 알아챌 기미가 없다. 유카가 "아, 그래" 하고 실망하며 창문을 닫는데 미쓰오가 "방충망" 하고 주의를 준다. 다시 유리창을 열고 방충망을 닫는다. 이내 파스타가 다 돼서 둘이서 먹기 시작했다. 미쓰오가 분재 카탈로그를 읽으면서 먹어서 유카도 게임 공략 책자를 보면서 먹었다.

"기분이 안 좋아?"

유카가 미쓰오의 상태를 살핀다. 미쓰오는 카탈로그에서 눈을 떼지 않고 "왜?" 하고 되묻는다.

"그냥."

두 사람의 대화에는 활기가 없다. 미쓰오가 무심코 살펴보니 식탁에 포개 놓은 잡지 속에 비디오 대여점 봉투가 있다.

"이거 어쩔 거야? 연체됐던데."

"아, 아직 안 봤어."

"그러시겠지."

"내일 볼 거야."

"또 연체료를 내야 하잖아."

"깜빡했어."

"알았어."

"알았으면 그 떨떠름한 표정으로 어필하는 거 그만두지?"

"어필 안 했어."

"아까부터 왜 그리 기분이 상했어?"

"아니라고 했잖아."

"알았어. 반납하고 올게!"

유카는 화장실에 가서 철벅철벅 세수를 하고 밤거리로 나갔다.

* * *

미쓰오는 오이 경마장 벤치에서 메시지를 보냈다.

'하마사키입니다. 요전번에는 곤경에 처했을 때 도와주셔서 고맙습니다. 말씀하신 대로 히로시마 얘기가 정말 먹히더군요. 감사드립니다.'

받는 사람은 '곤노 씨'다. 조금 전에 단골 거래처인 다다에게 히로시마 팬이라고 말하자, 그는 곧바로 "뭘 좀 아네"라며 반겼다. 메시지를 보낼 구실로 매우 적당하다. 조금 망설였지만 미쓰오는 용기 내서 송신했다. 그러자 동시에 메시지가 도착한다.

'곤노입니다. 지난번에는 감사했습니다. 허리는 괜찮으세요?

유텐지 쪽에 잘 아는 도수치료사가 있습니다. 괜찮으면 소개해드릴게요.'

동료에게 들키지 않도록 실룩거리는 미소를 자제하면서 '꼭 부탁드립니다'라고 메시지를 다시 보냈다.

* * *

며칠 뒤 아카리는 선물을 들고 유텐지의 도수치료원을 찾았다. 미쓰오가 오늘 이 시간에 예약을 했다고 해서 끝날 시간을 가늠해 상태를 보러 온 것이다.

"일부러 걸음을 하게 해서 죄송합니다."

두 사람은 해 질 녘 거리를 걸었다.

"오늘은 쉬는 날이고 근처인걸요. 아프지 않았어요?"

"아프더라고요."

나카메구로까지 걸어서 돌아오자 아카리의 시야에 낯익은 노란색 자전거가 보였다. 원룸맨션 앞에 자물쇠를 채워 세워놓았다.

"아, 괜찮으시면 요 근처에서 차라도 한잔할까요?"

미쓰오가 말했을 때 앞에서 대학생쯤 되어 보이는 여자애가 걸어왔다. 미대생이 들고 다닐 법한 화구통을 어깨에 멨다. 아카리가 그녀에게서 눈을 떼지 못했다.

"……아, 바쁘신가요?"

"아, 차요?"

미쓰오의 말에 아카리는 퍼뜩 정신을 차렸다.

"예. 출출하진 않으세요?"

"하마사키 씨, 아내분이 기다리시지 않나요?"

"저희 집은 원래 따로따로 먹어서요."

"네, 그럼 그렇게 해요."

조금 걸어서 두 사람은 다이닝바에서 식사를 하기로 했다.

* * *

유카는 금붕어 카페에 있었다. 시즈오카에 사는 친정어머니가 채소를 보내서 아이코와 도모요에게도 나눠주러 왔다. 아이코는 오늘도 만두를 빚고 있다.

"어머니께 고맙다고 전해드리렴. 오늘 미쓰오는 어쩌고?"

"좀 전에 메시지 왔어요. 뭐라더라, 옛날 친구랑 밥 먹고 온대요."

"그럼 먹고 갈래?"

아이코의 물음에 유카는 고개를 가로저었다.

"요리 연습할 기회인걸요."

"옛날 친구라니? 남자? 여자?"

"글쎄요."

"신경 쓰이지 않니?"

"어, 신경 쓰는 편이 나을까요? 음, 하지만 그러면 저도 남자 친구들이랑 밥 먹으러 못 가잖아요."

"밥 정돈 먹어도 되지."

"하기야 거짓말 못 하는 게 그이의 장점이니까."

"그리고 동물 좋아하는 거."

"동물한테밖에 안 웃어요."

"그런 인간을 용케 좋아했네."

"미스터리예요."

둘이서 서로 웃은 뒤에 아이코가 말했다.

"그러게 말이야, 아무리 짜증나는 점이 산처럼 있어도 여자는 좋아하면 전부 용서해버려. 그런데 남자는 반대야. 좋아하게 되면 그 여자의 잘못된 점만 계속 캐기 시작해. 여자는 좋아하면 용서하고, 남자는 좋아하면 용서하지 못하는 게야."

"우리 편이 엄청 손해네요!"

* * *

다이닝바에서 미쓰오와 아카리가 안내받은 다락방 같은 자리에는 빨간 2인용 소파와 녹색 1인용 소파가 있었다. 미쓰오는 1인용 소파에 앉아 아카리를 보았다. 빨간 소파에 앉은 아카리의 모습을 보고 저도 모르게 흠칫했다.

"손님에게 예약 확인 메시지 한 통 보내도 될까요?"

아카리는 휴대폰 메시지를 쓰기 시작했다.

"남자친구한테는 연락 안 해도 돼요?"

"오늘은 바쁘다고 하더라고요."

"그렇구나. 남자친구는 뭐하는 사람이에요?"

"미대에서 학생을 가르쳐요. 프로덕트디자인 과라고, 가전제품 디자인하는 과의 조교수죠."

"연상이에요?"

"우리랑 동갑이에요."

"잘생겼나요?"

"……왜 그런 걸?"

"아니, 일단 그런 질문을 해두는 편이 낫지 않을까 해서."

아카리는 후후 하고 웃었다.

"그…… 빨간 소파."

미쓰오는 무심코 말을 꺼냈다.

"아, 기억나세요?"

"사사즈카의 연립주택에 있던 소파."

"비슷하네."

"응, 비슷해."

두 사람은 동시에 고개를 끄덕였다. 함께 살았던 집에서의 두 사람만의 기억. 아주 잠시 미쓰오는 그때의 친밀함이 돌아온 기분이었다.

"그 소파는 어떻게 했어요?"

그리고 다시 금세 존댓말로 돌아왔다.

"아마 헤어진 뒤에 친구한테 줬을 거예요. 아니, 팔았던가."

아카리가 편안하게 웃는다.

주문한 와인을 마시고 요리도 거의 다 먹고 미쓰오가 휴대전화에 저장한 해달 영상을 함께 보면서 시간이 흘러간다.

"어쩐지 여러 일들이 떠오르네요. 곤노 씨, 뭐랄까 계속⋯⋯."

그 순간 갑자기 가게가 덜컹덜컹 흔들렸다. 유리가 떨어져서 깨지는 소리가 울려 퍼진다. 지진이다.

"꺄악!"

아카리는 미쓰오에게 몸을 기대며 팔에 매달렸다. 미쓰오는 머뭇거리면서도 아카리를 끌어안았다. 테이블과 조명이 덜컹덜컹 흔들리고 꽤 길고 격렬한 지진이었지만, 이윽고 잦아들었다. 껴안고 있던 아카리와 미쓰오는 화들짝 놀라 몸을 뗐다.

"제법 큰 지진이었네요."

무안함을 감추려는 듯이 미쓰오가 아카리를 보며 웃었다.

* * *

같은 시각, 미쓰오의 자택에서도 간신히 흔들림이 잦아들었다. 유카가 숨어 있던 테이블 밑에서 기어 나오니 바닥에 떨어진 컵과 쟁반이 깨지고 책장의 책이 떨어지고 냄비의 카레가 엉망으로 쏟아졌다. 웬일로 요리를 했더니 이 꼴이다. 어쩌 뒤꿈치가 아프다. 살펴보니 양말에 피가 살짝 배어 있었다. 유리 조각을 밟은 모양이었다.

* * *

"진도 4였대요. 더 흔들린 것 같았는데."

아카리는 아직 지진 충격이 가시지 않은 것 같다.

"뭐, 별일이야 없겠죠."

미쓰오는 일부러 아무렇지 않은 투로 말했다.

"하마사키 씨, 그날에는 뭐했어요?"

"그날? 아, 평소처럼 회사에 있었죠. 곤노 씨는요?"

"당시 근무하던 피부관리숍에 있었어요. 꽤 오래된 건물이라 많이 흔들렸어요. 다들 서로의 이름을 부르면서 괜찮으냐고 확인했죠. 벌써 2년 가까이 됐네요."

"그렇군요." 미쓰오도 당시를 회상하면서 맞장구를 쳤다.

"집에 돌아가지 않아도 되겠어요?"

"가까운걸요. 뭐, 지금 그런 분위기도 아니고."

"응?"

"네?"

"그런 분위기가 아니라뇨?"

미쓰오의 의미심장한 혼잣말에 아카리가 되묻는다.

"아, 아니, 그러니까 그런 깊은 뜻은 없고요."

"그런가요."

"네." 미쓰오는 아카리에게 대답하다가 문득 어떤 일을 떠올렸다.

"하마사키 씨, 달콤한 거 좋아하셨죠? 디저트라든가……."

아카리가 화제를 바꾸며 미쓰오를 바라보았다. 생각에 잠겨 있던 미쓰오는 아카리의 질문에는 대답하지 않고 방금 생각난 일을 꺼냈다.

"······곤노 씨, 대지진 때 이미 지금 만나는 분과 사귀고 있었어요?"

"아뇨, 그때는 아니었어요. 하마사키 씨는요?"

"우리는 음, 그 지진이 계기가 되었다고 해야 하나. 적어도 그런 일이 없었다면 결혼하지 않았을 거예요. 좋아하고 뭐고 그런 감정조차 별로 없었으니."

"······좋아하지 않는데 결혼하셨다고요? 궁금하네요."

"······음, 뭐 그렇게 거창한 얘기는 아니고 평범하기 짝이 없는 얘기입니다. 그 무렵에 진보초 영업소에 근무하고 있었는데 그날 전철이고 뭐고 전부 멈췄잖아요. 이른바 귀가 난민이었죠. 제가 게오 선에 있는 후추에 살았거든요. 진보초에서 가려면 30킬로미터쯤 되지만 마땅히 선택지가 없으니까 걸어서 돌아가기로 했죠. 다들 걸었으니까요."

미쓰오는 그날의 기억을 더듬었다.

"인도를 따라 밤거리에 넘쳐나는 사람들이 묵묵히 걸어갔죠. 이따금 길가 텔레비전인지 누군가가 튼 DMB 같은 데서 들리는 소리로 상황을 파악하면서요. 끔찍한 영상도 보였죠. 다들 무심히 걷는 듯하면서도 불안한 표정을 감추지 못했습니다. 넋이 나간 거죠. 앞으로 대체 어떻게 될까 걱정하면서도 그냥 걷는 수밖에 없었으니까요."

"그랬겠죠."

"고슈 가도였는데, 앞쪽에 어째 낯이 익은 듯한 얼굴이 보이는 거예요. 누구지? 아, 거래처 접수 직원이구나. 그래 봤자 얼굴만 알지 이름도 몰랐고 평소 같으면 말도 걸지 않았겠지만, 그래도 그때는 상황이 상황이라 아, 아는 사람이다 싶어서 그냥 좀 안심이 되더라고요."

그날 수많은 귀가 난민이 줄지어 걸어가는 고슈가도 인도를 미쓰오와 유카는 마냥 걸었다.

"동물 좋죠, 거짓말도 하지 않고."

"어, 하마자키 씨는."

"하마사키입니다."

"하마사키 씨는 새가 되고 싶은 부류인가요?"

"저 놀리세요?"

미쓰오도 유카도 말이 쉴 새 없이 입 밖으로 나왔다.

"저는 인생에서 소중한 건 대부분 후지산에서 배웠어요."

"극단적인 말이네요."

"극단적인 말이 아니라구요. 후지산이 보이는 곳에서 자란 사람은 다들 대범해요."

"아니, 엄청 극단적이잖아요."

"까칠하게 구는 사람은 한 명도 없다구요."

"통계 자료라도 있는 얘긴가요?"

끊임없이 수다를 떨었다. 그러지 않으면 불안에 짓눌릴 것 같았기 때문일까.

"말〔馬〕은 정말 좋죠."

"어떤 부분이 좋아요?"

"말은 떠들지 않잖아요."

"하마사키 씨는 인도 같은 데 다녀와서는 인생관이 바뀌었다고 말할 사람 같아요."

"이봐요, 진짜 저 놀리시는 거 맞죠?"

"아닌데요, 오히려 존경스러운데요."

"아까는 놀렸던 거 맞군요."

* * *

"그런 상황이었는데도 즐겁더라고요. 그렇게 간신히 조후까지 도착해서. 아, 그 당시 아내가 살던 집은 조후라서 집 앞까지 바래다주고, 그럼 이만 하고 돌아가려다가 그냥 조금 더 있을까 하는 분위기가 돼서……."

"누가 먼저요?" 아카리의 물음 미쓰오는 고개를 갸웃했다.

"누가 먼저랄 것도 없이?"

"네, 누가 먼저랄 것도 없이. 방으로 들어가 텔레비전은 켜지 않기로 하고, 왠지 되게 오래된 것 같은 눅눅한 과자를 먹다 보니 점점 할 말도 없어지고, 손을 잡아 보기도 하고, 그런 분위기로 아침이 되면서 그냥 그대로 같이 살게 됐죠……. 아, 여자랑 같이 사는 건 두 번째였습니다."

쑥스러운 듯이 쓴웃음을 짓는 아카리를 보고 미쓰오도 똑같이 웃었다.

"그날 지진이 일어나지 않았다면 계속 남아있었겠죠. 좋아하는 마음이 있었는지 없었는지도 모르고, 그저 뭐라고 부르면 좋을지 몰라서 어깨를 툭 두드리고, 무슨 이야기를 하면 좋을지 몰라서 손을 잡고, 그런 느낌으로 그대로 결혼했어요. 그래서 연애를 한 것 같은 근사한 추억이 없어요. 아, 죄송합니다. 불평을 늘어놔서……."

"하마사키 씨, 그거 근사한 추억이에요."

미쓰오는 놀라서 아카리를 쳐다봤다.

"그런 날이었지만 그건 그거대로 하마사키 씨랑 아내분에겐 근사한 추억이었을 거예요."

"……아뇨, 그런 이야기를 하려던 건 아닌데."

갑자기 침묵이 흐른다. 그리고 그 침묵을 스스로 깬다.

"다른 길도 있지 않았을까 생각하곤 해요. 다른 사람이랑 다른 길을 걸었다면. 그런 생각이 머리를 스칠 때가 있지 않나요?"

미쓰오의 물음에 아카리는 시선을 떨군다.

"……아, 디저트 먹어야죠. 뭐 드실래요? 안닌도후(아몬드밀크로 만든 푸딩-옮긴이)라든가……."

"슬슬 돌아가야죠?"

아카리가 고개를 들었다.

"미안해요. 재미없는 얘기를 떠들어서……."

"아니에요. 그게 아니라 오늘은 돌아가는 게 좋겠어요."

"아뇨, 저희 집은 딱히……."

"돌아가죠."

"네."

아카리의 말에 미쓰오는 와인 잔을 비우고 일어났다.

* * *

"앞으로 종종 식사라도 하죠."

미쓰오가 그렇게 말한 건 아까 봤던 노란색 자전거가 주차되어 있는 아파트 앞을 지나칠 때였다.

"마실 것 좀 사도 될까요."

뭔가 기척을 감지한 아카리는 순간적으로 맞은편 편의점으로 들어갔다. 미쓰오가 잡지 코너에서 기다리는데 맞은편 아파트에서 지난번 세탁소에서의 립스틱 남자, 그러니까 우에하라 료가 나왔다. 료가 노란색 자전거에 올라타자 이내 젊은 여자애가 뒤따라와서 료에게 안긴다. 여자가 료가 물고 있던 담배를 쏙 빼앗으며 돌아가지 말라는 양 애교를 떤다. 료는 가만히 있다가 여자가 몸을 떼자 자전거를 타고 휙 떠났다.

그때 계산을 마친 아카리가 "죄송해요"라고 말했다. 미쓰오를 보니 히죽히죽 얼굴이 풀어졌다.

"지금 저 아가씨 애인처럼 보이는 남자 봤어요?"

"네? 누구요?" 짐짓 무관심하다는 표정으로 아카리는 아파트 앞을 보았다. 자전거는 이미 사라졌다. 그리고 벤치에서 여자애가 담배를 핀다. 이제 보니 아까 마주쳤던 미대생이다.

"아, 저런 행동을 하니까 립스틱 자국이 묻는구나……."

혼잣말을 하는 미쓰오를 남기고 아카리는 먼저 편의점을 나섰다.

"오늘 잘 먹었어요."

다리 옆에서 아카리는 감사 인사를 했다.

"조심히 들어가요."

거기서 미쓰오는 아카리와 헤어져 홀로 다리를 건넜다.

* * *

기분 좋게 돌아와 미쓰오가 2층 창문을 올려다보니 빨래가 그대로 널려 있다.

"뭐야, 진짜……."

방충망도 제대로 안 닫은 것 같다. 집에 불은 켜져 있으니 유카는 있을 테고. "하여간" 하고 혀를 차며 안으로 들어가려는데 휴대전화가 울렸다. 아까 지진으로 여기저기 자동판매기가 망가진 모양이다.

기술자랑 만나서 도내 자판기 몇 군데를 돌았다.

미쓰오는 자판기를 찾은 손님에게 고개를 숙였다.

"죄송합니다. 곧 복구하겠습니다."

시계를 보니 새벽 1시가 넘었다.

"수고하셨습니다."

기술자인 시마무라에게 인사했다.

45

"직원 양반, 부인이 집에서 기다리나?"

시마무라가 묻는다.

"네? 아, 저요? 네, 뭐."

"이혼만은 하면 안 돼."

"……경험 있으세요?"

시마무라는 세차게 고개를 끄덕이며 이야기를 이었다.

"제야의 종 칠 때 많이 힘들어."

"홀가분하고 좋잖습니까. 요샌 돌싱이라면 더 좋다는 사람도 있던데요."

"이보쇼, 둘이서 먹는 식사는 밥이지만 혼자 먹는 식사는 사료야."

미쓰오는 쓴웃음을 지으며 말했다.

"사람에 따라 다르지 않을까요."

"감기만 들어도 눈물이 나. 고독사 무섭지 않나?"

"고독사로 죽는 게 제 꿈입니다."

미쓰오는 진심으로 그렇게 생각했다.

그런 이야기를 하면서 수리를 해나갔다. 전부 끝나고 집에 도착했을 때는 날이 새 있었다.

* * *

현관문을 열자 전등과 텔레비전이 그대로 켜져 있다. 미쓰오는 현관에 어지럽게 놓인 유카의 신발을 정리하고 벽에 걸린 그림 액자가 기울어진 걸 다시 맞추고 안으로 들어갔다. 리모컨으로 텔레비전을 끄고, 제대로 안 닫힌 방충망을 닫고, 분재가 무사한지 확인한다. 그리고 침실 미닫이문을 열자 유카가 담요를 뒤집어쓰고 자고 있었다. 미닫이문을 닫으려는데 "왔어"라는 목소리가 들렸다.

"깨어 있었네."

"응."

"빨래⋯⋯."

이만큼 말해도 유카는 아무런 대답도 하지 않는다.

"빨래 그냥 널어놨잖아."

"미안."

"그리고 불이랑 텔레비전도 켜 놨어."

"미안."

"아니 별로 화내는 건 아닌데 주의하라고."

미쓰오는 저도 모르게 목소리에 짜증이 뱄다.

"응."

돌아오는 건 유카의 이불 너머 우물거리는 목소리뿐이었다.

*　*　*

"뭐 좋은 일 없으려나."

겨우 두세 시간 자고 일어난 미쓰오가 고양이들에게 밥을 주는데 유카가 일어났다.

"어제 그 사람 봤어. 있잖아, 셔츠에 립스틱 묻은 손님."

미쓰오가 조금 흥분한 말투로 유카에게 보고했다.

"아."

"역시 인기가 아주 많아 보이더라고."

"……있을 거야."

유카가 소파에 누우면서 툭 내뱉는다.

"응? 뭐가?"

"좋은 일. 잘 모르겠지만."

"뭐야."

유카의 뜬금없는 소리에 미쓰오는 괜히 짜증이 나서 냉장고에서 꺼낸 녹즙 페트병을 마구 흔들었다.

그날 미쓰오는 치과에서 또다시 나나를 상대로 불만을 늘어놓았다.

"솔직히 이혼하고 싶은 마음이 없는 건 아니에요. 하지만 제가 일방적으로 차면 아내가 너무 가엾잖아요. 네, 결혼했다는 책임감이죠. 자기희생 같은 거라 할까. 누가 괴롭지 않느냐고 묻는다면 당연히 엄청 괴롭다고 하겠죠. 결혼은 3D예요. 3D. 타산, 타협, 타성(일본어로 타산Dasan, 타협Dakyou, 타성Dasei을 영문으로 표기하면 D로 시작된다 – 옮긴이) 그런 겁니다."

* * *

치과를 나와 미쓰오와 메구로 강가를 걷는데 강 너머에 낯익은 작은 머리가 보였다. 아카리다. 슈퍼 봉지를 들고 걷고 있다. 미쓰오는 아카리가 지나갈 다리 쪽으로 달려갔다. 지난 밤 아카리와 헤어진 곳이다. 달려가 말을 걸려던 순간이었다.

"아카리!"

노란 자전거를 탄 료가 아카리 뒤에서 달려왔다.

"왔어?"

아카리가 꽃처럼 환한 미소를 지었다.

"오늘 반찬은 뭐야?"

"함박 카레."

"아싸."

료는 기뻐하며 웃으면서 "추워 보인다"며 자신이 둘렀던 머플러를 아카리에게 둘렀다.

나란히 걷는 두 사람 앞에 멀뚱히 선 꼴이 된 얼빠진 표정의 미쓰오를 아카리가 알아차렸다.

"……아, 학창 시절 친구야."

아카리는 미쓰오를 료에게 소개하고 나서 미쓰오를 보며 "남편이에요"라고 말했다.

"안녕하세요, 하마사키입니다."

애써 미소를 지었는데 성공했을까.

"우에하라입니다."

"아, 낮에는 날씨가 좋았는데 날이 저무니까 역시 춥네요."

미쓰오로서는 그런 아무 의미 없는 말을 꺼내는 게 다였다.

* * *

미쓰오가 찜찜하고 혼란스러운 마음으로 집으로 가니 현관에는 또 분홍색 크록스가 아무렇게나 벗어 던져져 있다. 정리해 담으려고 신발장을 여니 텅 비었다. 의아해하며 안으로 들어가자 종이상자 몇 개가 놓여 있다. 침실을 들여다보니 침대에는 마틸다와 핫사쿠가 자고 있었다. 그리고 테이블 위에는 인감 두 개가 놓여 있다. 미쓰오가 심상치 않은 분위기를 감지했을 때였다.

"아, 일찍 왔네. 어서 와."

유카가 방으로 들어와 테이블에 군밤 봉지를 내려놓았다.

"어떻게 된 거야?"

"응? 아, 응."

유카는 미쓰오의 질문에는 대답하지 않고 싱크대에서 손을 씻는다.

"저게 다 뭐야, 새로운 정리법이야?"

"메구로 구청에 다녀왔어. 이혼신고서 제출했어."

유카의 말에 미쓰오는 순간 말을 잃었다. 유카는 찬장에서 컵을 꺼내 페트병의 차를 따랐다. 동요하는 마음을 억누르고 미쓰오가 입을 연다.

"무슨 말을 하는 거야?"

"요전에 쓴 거 있잖아. 그거 그냥 제출했어. 안 된다고 하더니만 받아주더라고."

"무슨 소리인지 모르겠어. 대체 뭔 소리야?"

"응. 아마 당신은 평생 모를 거야."

유카는 어두운 주방에서 미쓰오에게 등을 돌린 채 컵을 비웠다.

"뭐야? 왜 화났어……."

"화나지 않았어. 굳이 구분하자면 화나지 않은 쪽이야."

"그럼……."

"이제 됐어. 나는 당신이 필요하지 않아. 더는 필요 없어. 완전 후련해."

* * *

"그거 아세요? 도스토옙스키의 《죄와 벌》이란 소설."

자주 들르는 서서 먹는 국수집에서 유카는 졸려 보이는 얼굴의 점원 오하라에게 말했다.

"전 읽어본 적 있어요. 왜냐면 말이죠, 그게 남편의 졸업논문 주제였다고 해서 그 책을 읽으면 그 사람을 이해할 수 있을까 해서요. 상하권을 사왔죠. 살면서 그렇게 두꺼운 책은 읽어본 적 없고, 어려운 글자가 많았지만 저 나름대로 그 사람이랑 가까워지고 싶어서 애썼다고요. 상권에서 좌절할 뻔했지만 하권을 다 읽었을 때는 감동했어요. 울면서 그 사람에게 보고했죠. 엄청 감동받았어, 당신과 감동을 나누고 싶다고. 그랬더니 그 인간이 뭐라고 했게요? 이와나미 문고의 《죄와 벌》은 상권, 하권이 아니라 상중하다. 당신은 중권을 날려먹었어. 굳이 그런 소리를 할 이유가 있을까요? 배려란 뭘까요? 적어도 그 사람에게는 없었어요.

지난번 지진 뒤에 그 인간에게 메시지가 왔죠. 뭐라고 적혀 있었는 줄 아세요? 볼래요?"

유카가 스마트폰 메시지 화면을 보여 주었다.

보낸 사람은 미쓰오 제목은 없음. 본문은…… '화분들은 괜찮아?'

"그래서 뭐? 어쩌라는 건가요."

유카는 증오 어린 눈빛으로 화면을 노려보았다.

최고의 이혼

Chapter 2

국수를 후루룩 먹으며 유카는 신이 나서 떠들었다.

"이혼신고를 한 뒤에 이 느낌, 뭔지 알겠더라고요. 이런 느낌을 전에도 만끽한 적이 있었다 싶은 거예요. 저요, 2주 동안 큰 게 안 나온 적이 있었어요. 그러다가 마침내 나온, 그때의, 뭐라고 해야 하나, 성취감?《맛의 달인》의 지로가 마침내 궁극의 메뉴를 만들어내고,《베르세르크》의 가츠가 그리피스를 쓰러뜨린 듯한 순간이라고 할까요. 구청에서 돌아오는 길에 혼자 노래방에 가서 실컷 불렀다니까요."

오하라가 튀김이 쌓인 쟁반을 카운터에 내려놓으며 유카에게 말했다.

"홧김에 이혼하고는 후회하는 거 아냐?"

"홧김에 한 거 아니예요. 냉정하다구요. 후회 따위 없어요."

유카는 시치미(일본 향신료 – 옮긴이)를 더 뿌리면서 후루룩후루룩 큰 소리를 내며 국수를 먹었다.

* * *

유카가 이혼신고서를 제출한 이튿날, 미쓰오는 퇴근길에 치과에 들렀다.

"누가 먼저 꺼냈느냐 따지자는 게 아니에요. 둘 다 그런 마음이 있다 보니 그런 결론이 나왔다고 해야죠. 뭐, 약간 제가 이혼 얘기를 꺼낸 면도 있지만요, 약간 말이죠."

"그럼 하마사키 씨는 이제 독신이시구나." 나나는 말하면서 앞치마를 둘러준다.

"아직 모르죠. 오늘 돌아가서 다시 얘기하게 되겠죠. 분위기 무거울 거예요. 아내는 울지도 모르고. ……아, 괴롭다."

미쓰오는 안경을 벗고 눈가를 꾹 눌렀다.

* * *

"있잖아, 하마사키 씨."

그날 집으로 돌아가니 유카가 성으로 불렀다.

"하마사키 씨……."

미쓰오가 되뇌자 유카는 그를 가리키고 "하마사키 씨", 자신을 가리키고 "호시노 씨"라고 말했다.

"나, 친정으로 돌아갈 거야. 짐은 나중에 이삿짐센터가 올 거고. 핫사쿠랑 마틸다는 나중에 다른 사람한테 부탁할 테니까 그때까지 잘 돌봐줘."

서둘러 나가려는 유카를 미쓰오는 "호시노 씨"라며 불러 세웠다.

"응, 왜? 나, 7시 신칸센을 타야 해."

"나는 서로 이야기를 나눌 줄 알고 일찍 온 건데."

"무슨 이야기를 해?"

"아니, 그러니까……"

"딱히 이제 와 반성하거나 사과해도 소용없어."

"아니, 잠깐만, 반성이라니 뭐야. 내가 왜 사과해야 하는데."

미쓰오가 반박하자 유카는 갑자기 싸늘한 미소를 지었다.

"아냐, 그게 아냐."

"뭐가 그게 아니라는 거야?"

"그게 아니라는 건, 그러니까 지금 호시노 씨가 생각하는 것처럼 그런 게 아니라는 뜻이야."

"뭐든 됐어. 그럼 갈게." 유카는 커다란 가방을 들고 현관으로 향했다.

"호시노 씨."

"뭐야?"

"계단 조심해."

"고마워."

미쓰오는 유카가 정말로 나갈 작정인지 반신반의하며 지켜보

앗지만, 현관에서 문이 열렸다가 다시 닫히는 소리가 들렸다.

잠시 뒤 분노가 부글부글 치밀었다. 미쓰오가 화풀이 삼아 유카의 짐볼에 주먹을 날렸다가 짐볼이 회전하는 바람에 바닥을 힘껏 내려치고 말았다.

"아, 아야…… 응?"

오른손 검지가 욱신거렸다.

* * *

미쓰오는 손가락을 삐었다. 손가락에 테이핑을 한 탓에 생활이 상당히 불편해졌다. 일하면서 캔 음료를 자동판매기에 집어넣는 작업도 평소보다 두 배쯤 시간이 걸린다. 분재 가지치기도 역시 잘되지 않았다. 왼손으로 바꿔 쥐려다가 아직 결혼반지를 끼고 있다는 사실을 깨달았다. 빼려 했지만 손가락이 부었는지 빠지지 않는다. 그때 짐볼이 시야에 들어왔다. 짐볼을 누르고 원예 가위를 꽂았다. 필사적으로 갈기갈기 찢으려 하자 고양이들이 불안해하며 야옹 하고 울었다. 미쓰오는 문득 자신이 살인귀 같은 얼굴을 하고 있다는 사실을 깨닫고 손을 멈추었다.

"마틸다, 핫사쿠, 화내는 거 아니야."

미안, 미안해. 미쓰오는 곁으로 다가온 마틸다를 안았다.

* * *

성인 코너에 들어가기는 오랜만이다. 미쓰오가 태연한 척하며 선반을 훌끔 살펴니 마침 눈높이에 〈유부녀 유혹 온천〉이라는 제목의 DVD가 있었다.

그 DVD를 들려다가 그 옆에 〈유부녀 최면 온천 3〉이라는 걸 발견했다. 역시 이쪽이다. 미쓰오는 그걸 들고 카운터로 향했다.

비디오 대여점 봉지를 들고 서둘러 집으로 돌아간다. 다리를 중간쯤 건넜을 때 정면에서 자전거를 짊어지고 걸어오는 남자가 보였다. 료다.

"안녕하세요."

미쓰오가 인사하자 료는 가느다란 눈매가 휘둥그레지며 놀란 표정을 지었다.

"아, 저, 지난번에 인사를 나눴는데."

료가 "네?" 하고 고개를 갸웃한다.

"그러니까 아내분께."

"아." 료는 말은 그렇게 해놓고도 도통 떠오르지 않는 눈치다.

"기억이 안 나시죠. 죄송합니다. 실례 많았습니다."

미쓰오가 가려고 하자 료가 물었다.

"혹시 이 근처에 아는 자전거가게 없으세요?"

"벌써 닫았을 텐데요. 열쇠 때문에 그러세요?"

"자전거 주차장 부근에 도랑이 있더라고요. 거기에 보기 좋게 빠져버려서."

"아, 돈키호테에 가면 펜치 같은 걸 팔지 않을까요."

"돈키호테요?"

"여기서 쭉 가다가 꺾는 부근에 있어요."

"쭉 가다가 꺾는 부근. 오른쪽인가요?"

"왼쪽입니다."

"감사합니다."

료가 미소를 지으며 인사하고 성큼성큼 걸어간다. 왠지 그냥 내버려 둘 수 없는 남자다…….

"제가 같이 가드릴게요." 미쓰오는 료를 따라가 같이 자전거를 들었다.

"감사합니다."

고개를 숙인 료가 문득 대여점 봉지를 본다.

"〈마다가스카르 3〉이에요." 미쓰오는 얼버무리듯 웃으며 말했다.

* * *

료는 돈키호테에서 펜치를 사서 세워둔 자전거 체인을 절단하기 시작했다.

"어, 왜 이런 걸 샀어요?"

미쓰오는 료의 쇼핑 물품 봉지를 들여다보며 말했다.

"왠지 엄청날 것 같아서요."

"'어른의 캔'? 이게 뭐죠?"

"모르겠는데요."

"어, 이거, 혹시 성인 용품 같은 게 들어 있는, 그런 거 아닌가요."

"아, 필요하세요? 두 개 샀어요."

"아니 왜 두 개를 사요? 아니아니, 뭐에 쓰려고요?. 그런 거 좋아하세요?"

"역시 단단하네요."

"어떨 때 쓰려고요?"

"죄송하지만 잠깐 잡아주실래요?"

료는 체인을 끊느라 고생했다.

"……우에하라 씨는 결혼한 지 오래되셨습니까?"

핸들을 잡으면서 미쓰오는 웅크려 앉은 료에게 물었다.

"두 달요."

"그럼 얼마 안 됐네요. 사이는, 괜찮으세요?"

"응?"

"밖에서 딴짓 안 하고 곧장 집으로 돌아가세요?"

"응?"

"그렇다는 겁니까, 아니라는 겁니까?."

"응?"

"딴짓 안 해요?"

"낚시는 가끔 가는데요."

"아뇨, 그런 딴짓 말고요."

"실내에서 하는 거요?"

"그런 느낌이죠."

"아, 몬스터헌터 같은 거요? 안 하는데요."

"저도 안 합니다. 그런 게 아니라……."

"아, 아하. 그런 거 말이죠, 그럼 한잔하러 가실래요?"

"아뇨, 됐습니다. 술은 좋아하지 않아서요."

"꼭 술 먹자는 얘기가 아니니까요. 이거 다 자르면 가시죠."

"아니, 부인이 기다리시잖아요."

"아내도 흔쾌히 올 겁니다."

료는 구김살 없는 미소를 지었다.

* * *

두 사람은 금붕어 카페로 갔다. 미쓰오가 녹즙과 바나나주스를 테이블로 가져왔다.

"유카네 아버님 괜찮으시니? 내가 병문안을 가야 할까."

다트를 하던 아이코가 묻는다.

"괜찮아요. 병문안 갈 정도는 아니에요."

대외적으로 유카 아버지가 갑자기 편찮으셔서 유카가 친정으로 갔다고 둘러댔다. 미쓰오는 료가 기다리는 테이블로 가서 바나나주스를 건넸다. 료는 "잘 마시겠습니다"라더니 희희낙락 마신다.

"……부인이랑 어디서 알게 됐어요?"

"응?"

"저는, 대학 때입니다. 아주 친하지는 않았지만 꽤 오래된 사이죠."

"이거 엄청 맛있네요. 마셔보세요."

료가 주스 잔을 미쓰오에게 내밀었다. 눈이 반짝반짝 빛난다.

"아, 아뇨, 저는……." 미쓰오가 당황해할 때 문이 열리며 "어서 오세요"라는 목소리가 들렸다. 아카리가 들어왔다. 미쓰오에게 인사하더니 자연스럽게 료 옆자리에 앉는다.

"이거 마셔봐"라며 료가 권하자 아카리는 바나나주스를 마셨다.

"진짜 맛있다."

료가 미쓰오를 쳐다보더니 "음……" 하고 우물거렸다. 아카리가 금세 눈치채고 "하마사키 씨"라고 가르쳐 준다.

"하마사키 씨 할머님 가게래."

료는 아카리와 함께 다시 가게를 한 바퀴 둘러보다가 문득 시선이 멈췄다.

"할머니, 잠깐만요."

료는 갑자기 일어나서는 아이코 곁으로 갔다. 아이코 뒤에 서서 "팔이 너무 구부러졌어요"라며 코치하기 시작했다.

"그이가 뭔가 실례되는 행동이라도 했을까요?"

"네?"

"자기 스타일이 확실한 사람이라서요."

"아, 네, 좀."

"미안해요. 사람 얼굴도 잘 기억하지 못해요. 매번 처음 만났다는 표정을 짓거든요."

아카리가 계면쩍은 얼굴로 나지막이 이야기했다.

"그럼 다음에 만나도 또 처음 만났다는 것처럼?"

"우리도 다트……"라고 하려는 아카리의 말문을 가로막고 미쓰오가 물었다.

"왜 지난번에 말씀해주지 않았어요?"

"네?"

"결혼한 거요."

"아."

"뭔가 껄끄러웠나요? 그러니까 저와의 그 관계 때문에 말하기 힘든……."

"상대가 있다고는 말했잖아요."

"하지만 결혼했다고는."

"저희는 사실 비밀로 하고 있어요. 그이가 별로 떠들고 싶어 하지 않아서요."

"어, 왜요? 그거 이상하지 않습니까."

아카리는 웃으면서 고개를 갸웃했다.

"그럼 요전에 저 사람 앞에서 남편이라 말한 건……."

"일부러 한번 그래봤어요."

"……화내던가요?"

"괜찮았어요."

미쓰오는 다트를 하는 료와 아이코에게 시선을 돌렸다. 두 사람 다 무척 즐거워 보였다.

"……저, 지난번에 봤는데……."

"하마사키 씨." 이번에는 아카리가 미쓰오의 말을 가로막았다.

"다음에 부인을 소개해주세요. 가족 단위로 교류하고 싶어요."

미쓰오가 어색한 미소를 지으며 고개를 끄덕였다. 아카리, 그리고 미쓰오도 아카리를 따라 다트 코너로 이동했다.

"료 군, 정말 잘하는구나."

미쓰오는 입을 떡 벌리고 "료 군?"라고 되뇌었다.

아이코는 료가 무척 마음에 든 모양이다.

"겨뤄보죠."

료는 구김살 없이 웃는 얼굴로 미쓰오에게 다트를 건넸다.

"아뇨, 지금 손가락이 좀 그래서요."

"난 미쓰오가 이런 뾰족한 걸 들고 있으면 걱정된단다."

농담인지 진담인지 모를 말투로 아이코가 말한다.

"할머니, 무슨 소리예요."

"옛날에는 뉴스에서 범죄 얘기가 나올 때마다 우리 손자가 범인이 아닌지 걱정했으니 말이다."

"아……." 료가 고개를 끄덕인다. "아, 라뇨?" 따져 묻는 미쓰오를 무시하며 아이코가 말을 이었다.

"지금은 괜찮아요."

"옛날부터 괜찮았다고요."

미쓰오는 잔뜩 삐쳐서는 볼멘소리를 했다.

* * *

돌아가는 길에 자전거를 밀며 료와 아카리가 나란히 걷고, 미쓰오는 그 곁을 조금 떨어져서 걸었다.

"조심히 들어가세요." 다리를 건너 두 사람이 돌아간다. 료는 자전거를 밀지 않는 손으로 아카리의 손을 잡고는 자신의 코트 주머니에 손을 집어넣었다. 미쓰오가 멍하니 지켜보고 있는데 료가 돌아보았다.

"〈마다가스카르 3〉 재미있으면 알려주세요."

"네." 대답한 미쓰오는 자신이 대여점 봉지를 들고 있지 않은 사실을 깨달았다.

* * *

금붕어 카페로 돌아가니 봉지는 카운터에 그대로 있었다. 가게는 이미 문을 닫았고, 도모요는 대걸레질을 하느라 이쪽을 보고 있지 않다. 미쓰오가 슬쩍 봉지를 들고 가게를 나가려는데 "미쓰오, 최면술은 안 돼"라는 목소리가 들렸다. 움찔하고 멈춰 서자 안에서 쓰구오도 나왔다.

"유부녀를 꼬시려면 정정당당히 해야지."

한숨을 쉬며 어깨가 축 늘어진 미쓰오를 도모요가 대걸레로 쿡쿡 찔렀다.

"올케가 집을 비운 사이에 그런 거나 몰래 보고."

"세상 남자가 아내가 집에 없을 때 하는 짓 중 1순위지."

"장인어른이 입원하셨다며. 너무 불경해." 도모요는 쓰구오의 말을 무시하며 화냈다.

미쓰오는 "……할머니는 방으로 돌아가셨어?"라고 확인하고 나서 말을 꺼냈다.

"장인어른은 입원하지 않았어. 거짓말이야. 유카는 이혼하겠다면서 친정에 간 거야."

"뭐라고?"

"하겠다가 아니라 해서……."

"바람폈니?"

코앞까지 얼굴을 들이밀며 묻는 도모요에게 미쓰오는 "안 폈거든"이라고 대답했다.

"때렸어?"

"왜 내 잘못이라고 단정 짓는 건데?"

"올케 때문일 리가 없잖아. 백보 양보해서 올케가 잘못했다고 해도 나쁜 건 너야."

"무슨 소리를 하는 거야."

"처남, 할머님 생신은 어쩔 거야."

쓰구오가 중대한 사실을 떠올렸다.

"올케가 와주기를 바라시겠지."

도모요가 비난하는 눈으로 미쓰오를 쳐다본다.

"……장인어른이 입원하셨다고 해뒀잖아."

미쓰오는 어쩔 줄 몰라 하며 중얼거렸다. 곧바로 도모요가 화난 말투로 되받아쳤다.

"네 그런 점 때문 아니니? 올케가 나간 거 말이야. 그러면 올케가 할머님께 거짓말한 게 되잖아. 올케는 네가 데리러 오기를 기다릴 거야."

어, 그런가. 전혀 알아채지 못했다……

* * *

미쓰오는 주말에 시즈오카 현 후지노미야를 찾았다. JR 역에서 버스를 타고 가는데, 길이 먼 데다 너무 흔들려서 허리가 아팠다. 후지산을 바라보면서 아마 이쪽이었을 텐데, 하며 걸었다.

"잘 왔네, 잘 왔어."

호시노 가(家) 현관에서 유카의 아버지, 다케히코가 나와서 미쓰오의 손을 잡고 휙휙 흔들었다.

응접실로 들어가면서 다케히코는 발치에 굴러다니던 파란 짐볼을 발로 차서 치웠다. 유리문을 열어서 방 세 개를 이어놓았다. 이제부터 여기서 잔치라도 벌이는 걸까.

"정말 먼 길 와 줘서 고맙네."

유카의 어머니, 게이코가 차를 내주어서 미쓰오는 "별것 아닙니다만" 하며 가져온 스카이트리 만주를 건넸다.

"아, 하마자키 씨는 환갑잔치 때 보고 처음이구만."

그때 호시노 가 친척으로 보이는 사람들이 우르르 들어왔다. 누가 누구인지 모르겠지만 아무튼 일어나서 "오랜만에 뵙습니다"라고 말하며 고개를 숙였다.

"여전히 멋진 남자로군, 하마자키 씨."

"아줌마랑 결혼해주면 안 돼?"

"말랐구나?"

다들 미쓰오의 손을 덥석 잡거나 몸을 마구잡이로 만졌다.

"하마자키 삼촌이야, 안겨보렴."

느닷없이 어린 아기를 안기더니 핸드폰으로 사진을 찍는다. 그때 농작업 차림을 한 유카의 오빠, 겐지가 "오, 미쓰오" 하면서 들어온다.

겐지가 손을 내민다. 미쓰오의 손이 아플 정도로 꽉 손을 쥐었다.

"형님, 오랜만입니다."

"오, 드디어 아이가 생겼나."

"아, 아뇨, 이 아이는 이분의."

"알아, 우리 애야. 여전히 눈치 없네."

그렇게 말하면서 겐지의 발이 스카이트리 만주를 꾹 밟았다.

"유카는?" 겐지가 자신의 어머니 게이코에게 물었다.

"학교에 갔어. 소프트볼부 후배를 지도한다던데."

"무라타 네 아들이 감독이잖아."

친척 중 한 사람이 입을 열자 다들 저마다 떠들었다.

"무라타가 아니라 다무라지."

"유카의 전 남친 말이지."

"걔네는 고등학생 때부터 역 앞에서 항상 딱 붙어 지냈지."

"교복 입고 러브호텔에 들어갔다고 내가 불려갔다니까."

"지금쯤 또 부실에서 시시덕거리고 있는 거 아녀."

친척뿐만 아니라 다케히코와 게이코, 겐지까지 엄청나게 큰 목소리로 말하더니 다 함께 와하하 큰 소리로 웃었다. 미쓰오는 머리가 어질어질했다.

* * *

알려준 고등학교 운동장으로 가보자, 아니나 다를까 유카는 젊은 남자랑 함께 소프트볼 지도를 하고 있었다. 그리고 사람들이 말한 것처럼 중학생이나 고등학생들이 그러는 것처럼 서로 쿡 쿡 찌르며 장난치고 있다.

"응? 어떻게 된 거야?" 미쓰오를 발견한 유카가 네트 쪽으로 다가왔다.

"지금 그쪽 집에 다녀왔어. 아직 장인어른한테 얘기 꺼내지 않았지?"

"……아버지가 지금 요도결석으로 상태가 별로야. 돌이 빠지면 이야기하려고."

미쓰오는 얼굴을 찡그리며 "돌 빠지길 기다려야 하는 거야?"라고 말했다.

* * *

후지노미야라고 하면 B급 식도락 선수권에서 우승한 후지노미야 야키소바가 유명하다. 미쓰오는 다무라에게 이끌려 야키소바 포장마차에 왔다. 야외테이블에 앉자 다무라가 입을 연다.

"처음 뵙겠습니다, 다무라입니다."

손을 내밀어서 미쓰오가 머뭇머뭇 왼손을 내밀자 다무라도 힘을 꽉 줘서 악수한 손을 잡았다. 그때 유카가 야키소바를 가지고 와서 다무라 옆에 앉는다.

"왜 내 옆에 앉는 거야."

"괜찮아."

"나, 돌아갈까?"

"부탁이니까 단둘이 있게 하지 마."

"싸웠어?"

"싸운 게 아닙니다. 저 사람이 멋대로……."

"우린 이제 부부 아니야. 이혼했어."

"응? 뭐? 왜?"

"저쪽에다 물어봐."

"어, 왜 그러셨어요? 얘가 만든 밥이 더럽게 맛이 없었기 때문인가요?"

"아, 그거였구나."

미쓰오는 그제야 깨달았다는 듯한 얼굴로 소리쳤다.

"뭐야? 드디어 자기편을 만났다는 그 얼굴은."

야키소바를 우물거리면서 유카가 불만에 찬 눈빛으로 미쓰오를 바라보았다.

"아, 저도 모르는 바는 아닙니다."

"맛이 있고 없고 이전 문제입니다. 양하가 뭐냐고 물어보세요."

"양하? 양하 정도야 알지?"

"……알아, 양하잖아."

순간 말문이 막힌 유카가 우물거리며 대답했다.

"누가 봐도 모른다는 게 티가 나잖아."

"마에다 아쓰코(일본의 아이돌 그룹 AKB48의 멤버 – 옮긴이)를 아 냐고 물어봐."

"마에다 아쓰코. 아시죠?"

미쓰오는 그 질문에 곧바로 "모릅니다"라고 대답했다.

"봐, 모른다면서 잘난 척하잖아. 모르는 데도 두 종류가 있어. 정말로 모르는 경우와 알아도 그만 거까지 알고 있다는 걸 알리 고 싶지 않으니까 모른다고 하는 경우. 진짜 성가시지?"

"성가시네."

유카가 "사소한 일에 집착한다니까"라고 말한 걸 듣고 미쓰오 는 다무라에게 불만을 털어놓았다.

"여행을 갔는데 서녁으로 게가 나왔어요. 제가 30분 동안 열심 히 살을 발랐죠. 접시에 한가득 담아 마침내 먹으려는 순간, 이 여자가 옆에서 젓가락을 뻗는 겁니다."

"먹었어?"

"넙석 한입에."

"말도 안 돼."

다무라는 믿기지 않는다는 표정으로 유카를 본다.

"그건 범죄야. 나, 이쪽에 앉을래."

다무라가 미쓰오 옆으로 자리를 옮겼다. 그 모습을 본 유카가 다무라에게 하소연했다.

"그땐 여행 중이었다고. 그런데 돌아갈 때까지 말 한마디 안 하더라니까."

"당연하지."

"네? 내내요?"

"내내. 일부러 둘만 쓸 수 있는 노천 욕실을 예약했는데 따로 들어갔다구. 여행이 엉망진창이 됐다고!"

"아, 그건 좀 그러네. 유카는 같이 목욕하는 거 좋아하잖아."

그렇게 말한 다무라를 미쓰오가 자기도 모르게 째려봤다. 다무라는 "죄송합니다"라며 어깨를 움츠렸다.

"화해하지? 아버지한테도 말 안 했다며."

다무라는 두 사람 사이를 중재하려고 말을 꺼냈다.

"요도에서 돌이 빠지면 말할 거야."

"하마사키 씨도 데리러 오셨잖아."

"데리러 온 게 아닙니다."

유카가 "그럼 뭐야"라고 미쓰오에게 되묻는다.

"할머니 생신 때문이야."

그 말에 유카는 먹던 야키소바를 입에서 주르륵 늘어뜨린 채 얼어버렸다.

"나야 아무래도 상관없지만." 미쓰오는 덧붙여 말했다.

* * *

호시노 가의 넓게 개방한 응접실에서는 한바탕 잔치가 열렸다. 친척뿐만 아니라 이웃까지 모인 것 같다. 어른들은 취하고 아이들은 뛰어다닌다.

"이거 작년 여름에 가족끼리 캠프 갔을 때야."

겐지가 미쓰오의 컵에 술을 따르면서 텔레비전으로 홈비디오 영상을 보여준다. 만취한 겐지가 미쓰오의 이마에 자신의 이마를 비벼댈 것처럼 다가오자, 미쓰오는 어색한 미소를 지으며 화장실로 도망쳤다.

괴롭다…… 변기에 앉았는데 문이 벌컥 열릴 뻔했다. 허둥지둥 안에서 떠받치며 물을 내리고 나서 바깥으로 나갔다. 그러자 다케히코가 벽에 손을 짚고 서 있다.

"십 밀리미터야, 십 밀리미터. 그런 게 여기서 나온다니 상상할 수 있나. 아야야야."

고통스러운 얼굴로 말하며 바지 앞을 풀면서 화장실로 들어간다.

응접실에서는 노래 대회가 시작되었다. 선글라스를 끼고 고부쿠로(일본의 남성 듀오 – 옮긴이)로 변신한 사람은 겐지다. 다른 사람들은 탬버린과 마라카스를 흔들며 신이 났다. 미쓰오가 쭈뼛쭈뼛 얼굴을 내밀자 갑자기 어깨동무를 하며 마이크를 건넸다. 겐지는 이어서 노래하라고 재촉한다. 다른 사람들도 시끌벅적 소리 지르고 유카도 손에 낀 장난감 손으로 "컴온" 하며 부추긴다. 어쩔 수 없지. 지금은 부르는 수밖에 없나.

"♪함께 바라고~~."

음정을 잘못 잡아서 목소리가 뒤집혀버렸다. 겐지가 계속 부르라고 신호한다.

"♪그런 나날을 그리며~"

이번에는 잘 불렀다. 평소에는 노래방 따위 가지 않지만 미쓰오는 원래 음치가 아니다.

"자키하마, 예—! 자키하마! 자키하마!"

모두가 자키하마 콜을 외치는 가운데 노래를 마친 미쓰오는 서둘러 앉았다.

겐지는 마다하는 미쓰오를 억지로 일으켜 탬버린을 들렸다.

"예—!" 마이크를 미쓰오에게 향한다.

"예에……."

"자키하마 씨께 한 곡 더 청해야겠지?"

겐지의 제안에 모두가 환호성을 지른다. 이제는 한계, 미쓰오는 복도로 도망쳤다.

* * *

"네 남편 좀 구해주지 그래?"

부엌에서 설거지를 하면서 게이코가 말한다.

"올해 매실주도 잘 익었네."

유카는 매실주 병을 들여다보며 말했다.

"이런 곳까지 데리러 오다니 착한 사람이잖니."

"엄마는 잘 모르니까."

"어느 집 남편이든 다 똑같아. 결혼은 누구랑 해도 마찬가지야."

"그래도……."

"우리 집에는 네 방 없다. 겐지 네도 둘째가 태어날 거고."

그런가, 그렇겠지. 유카는 응접실로 가서 십팔번 곡을 눌렀다. 테이블에 엎드린 미쓰오의 무릎 위에서 겐지가 호쾌하게 코를 골고 있다.

"♪조용히 조용히 손을 잡고 손을 잡고 당신의 속삭임은 아카시아 향기가 나…… 언제까지고 언제까지고 꿈결 속을 헤매요 별빛 내리는 오솔길……."(일본의 엔카 가수 치아키 나오미의 〈별빛의 오솔길〉 가사)

느릿한 멜로디가 집 안에 울려 퍼졌다.

* * *

유카가 욕실에서 나오자 객실 이불 위에 미쓰오가 대자로 뻗어 있었다. 여전히 양복 차림이다.

"아, 치아키 나오미다. 치아키 나오미 노래 불러! 치아키 나오미 노래해!"

아직도 술이 안 깼는지 눈을 뜬 미쓰오가 소리친다.

"시끄러워." 유카는 그렇게 말하고 나란히 깔린 이부자리를 최대한 방 끝으로 밀어서 떨어뜨렸다.

"······안 씻을 거야? 물 마실래?"

"됐어······."

"아, 그래."

"······천장."

"천장?"

"천장 기억 나." 드러누운 미쓰오가 중얼거렸다.

"아. 응, 전에 묵었던 방이랑 똑같지."

"그때는 장인어른이 술을 엄청 먹였지."

"그랬지."

"머리를 퍽퍽 때리셨어."

"기분이 좋은지 안 좋은지 알 수가 없었어."

"몇 방은 진심으로 때렸어. 딸을 돌려달라면서."

뭐라고 대답해야 좋을지 몰라서 유카는 "바보" 하고 쓴웃음을
지었다.

"······돌려드리게 됐군. 장인어르신 기뻐하실까."

유카는 "불 끌게"라며 알전구만 켜놓고 이불로 들어가 미쓰오
에게 등을 돌렸다.

"······이혼신고서 제출하고 후련했어."

"응."

"쉽게 정한 일 아니야."

"알아."

"당신은 변하지 않을 거야. 변하기를 바라지도 않고. 잘 선택했

어. 그렇지?"

미쓰오는 대답이 없었다. 하지만 잠들지 않았다는 것은 유카도 알았다.

"그래도 딱 한 가지 마음에 걸려……. 딱 하나. 가족 일."

"……응."

"이혼은 부부뿐 아니라 두 가족의 이혼이니까."

"응."

"할머니께 죄송스러워."

"됐어, 그 문제는 이제……."

"생신날 뵈러 가도 될까."

"……기뻐하실 거야."

"응."

유카의 대답에 미쓰오도 "그래"라고 대답했다. 그리고 일어나 불을 껐다.

"장인어른, 돌은 언제 빠질까."

"빠르면 사흘 정도고 늦는 사람은 일 년도 걸린데."

"일 년."

"그래봐야 한 달 정도겠지."

"아, 그럼 그사이에 할머니께도 알리자."

"응, 천천히."

"천천히."

그 말을 듣고 미쓰오는 불을 껐지만 유카가 "아!" 하고 소리치며 불을 켰다.

"할머니께는 내가 알릴 거야. 프로레슬링을 보러 갔을 때나. 그
때까지는 비밀로 해줘."

"프로레슬링 중에 그런 이야기를 했다가 흥분하시면 어쩌려
고."

"아, 그럼 프로레슬링 경기가 끝난 뒤에."

이번에는 정말로 불을 끄고 미쓰오도 이불로 파고들었다.

* * *

아이코의 생일파티는 금붕어 카페를 통째로 비워 성대하게 열
렸다.

"고맙구나. 고마워. 정말 고마워."

케이크 촛불을 끄고 모두의 박수 갈채에 아이코는 행복해 보
였다.

"정말로 고맙다." 유카를 보며 미소 짓는 아이코에게 유카도 미
소로 답했다.

* * *

유카는 오랜만에 미쓰오의 집으로 돌아왔다. 현관에서 망설인
것 같지만 "실례할게"라며 들어왔다. "음"이라며 거실에 우두커니
서 있다.

"그럼, 어, 저쪽에 앉지." 미쓰오가 말하자 유카는 얌전히 소파

에 앉았다.

"차라도 줄까."

"아, 됐어."

"그럼 내 것만 끓일 건데."

미쓰오가 부엌으로 간다.

"어, 지금 오히려 너무 의식한 느낌이지 않아?"

"아……."

"어느 정도 손님이란 느낌으로 있을 거야?"

"아……."

"100퍼센트 손님이라면 오히려 의식한 느낌이 들고."

"그럼 살짝만." 유카는 그렇게 말하며 소파 등받이에 기댔다.

"아, 제법 손님이 아니게 되었군."

"이 정도로 할래."

"차는?"

유카가 "줘"라고 말하자 미쓰오는 부엌에서 물을 끓이고 차를 탔다.

"마틸다, 핫사쿠, 잘 지냈어?"

유카는 핫사쿠를 안아 올렸다. 서로 자신이 이름 지은 고양이가 더 잘 따랐다.

"침실에서 자. 나는 안쪽에서 잘게."

"내가 여기서 잘게."

"아니, 침실에서 자. 할머니 일 고마워."

"아, 응."

"그래."

그때 유카의 휴대전화가 울렸다.

"여보세요, 그래, 미카. 메시지 봤지. 응, 한동안 도쿄에 있을 거니까 갈 수 있어. 하지만 서른 살 먹은 여자가 미팅에 나가면 다른 사람들이 싫어하지 않을까? 진짜로? 인기 없어. 인기 있다고? 인기 있을까. 뭐? 연예인 뺨치는 꽃미남들이라고? 너무 과장하는 거 아냐?"

차통을 들고 있던 미쓰오의 손이 와들와들 떨렸다.

* * *

"하마사키 씨도 독신으로 돌아갔으니까 자유롭게 연애할 수 있지 않을까요. 좋아하는 사람 없어요?"

입안에 구강세정기가 들어가 있어 대답하지 못하는 미쓰오의 눈빛이 흔들렸다.

"어, 있어요?" 그런 물음에 미쓰오는 고개를 저었다.

"다음에 여자 소개해드릴까요?"

드디어 세정이 끝나고 나나가 세정기를 정리하면서 말한다.

"아니면 이 사람을 소개해드릴 수도 있는데요."

나나가 자신의 명찰을 미쓰오에게 내밀며 말했다.

* * *

미쓰오는 장을 보기 위해 역 앞 슈퍼로 들어갔다가 생선 매장에서 아카리와 마주쳤다.

"장 보러 오셨어요?"

"네."

아카리는 대구 팩을 들고 있었다.

"아, 대구는 이게 마지막이에요."

아카리가 미안하다는 듯이 말했다.

"괜찮습니다."

"댁에서도 전골을……."

"괜찮아요."

"하지만 사모님이……."

"아내는 미팅을 나갔습니다. 그러니까 가족이 계신 분이 우선이죠."

미쓰오는 장바구니 속 물건을 매대에 돌려놓고 라면을 먹으러 갔다. 라멘 가게에서 나오니 낯익은 자전거가 맞은편 헌옷가게 앞에 세워져 있다. 가게 안에서 료가 여자 점원과 친근하게 대화하고 있었다. 여성의 귓불을 만지기도 하며 수상쩍은 분위기가 감돈다.

"다음 주는?" 밖으로 나오는 료에게 여자가 물었다. 미쓰오는 허둥지둥 전봇대 뒤에 숨었다.

"으음, 또 연락할게." 료는 그렇게 대답하더니 손을 흔들며 자전거를 타고 갔다. 여자를 돌아보니 료가 만진 귓불을 자신도 만지면서 미소를 지으며 그의 뒷모습을 줄곧 바라보고 있다.

또 한참 걸어가니 편의점 맞은편 아파트 앞에 료의 자전거가 세워져 있었다. 정원수 앞에 앉아 담배를 피우고 있는 료가 보였다. 그때 여자애가 달려왔다.

"연락하지 그랬어."

여자애가 그렇게 말해도 료는 그저 웃기만 한다. 이내 여자애가 료의 손을 잡아끌고 아파트 안으로 들어갔다.

* * *

집으로 돌아온 미쓰오는 〈유부녀 최면 온천 3〉 DVD를 플레이어에 집어넣고 재생 버튼을 누르려다가 말고 손을 멈췄다.

"……괴로워."

다시 겉옷을 걸치고 집을 뛰쳐나왔다. 메구로 강가를 반달음질로 달려 다리를 건넜다.

* * *

"왔어?"

초인종을 누르자 활짝 웃는 아카리가 나왔다. 현관 앞에 서 있는 미쓰오를 보고는 노골적으로 실망한 표정으로 바뀌었다.

"저기, 남편분 계십니까?"

"아뇨, 아직요."

"그렇습니까."

"네."

"……한동안 안 돌아올 것 같지 않습니까."

미쓰오는 넌지시 다른 뜻을 내비쳤다.

"무슨 뜻이죠."

아카리도 미쓰오가 하려는 말은 어렴풋이 알아챈 듯하다. 두 사람은 현관 앞에서 마주한 채 서로 입을 다물었다.

"남편분……."

"들어와요."

"네?"

"어서요." 아카리는 집 안으로 들어간다.

"아뇨, 하지만……."

"절대로, 절대로 오해할 일 없으니까 안심하세요."

"……네."

미쓰오는 아카리를 따라 집으로 들어갔다. 거실에는 전골이 준비되어 있었다.

"대구를 양보해주셨으니 좀 드세요."

아카리는 미쓰오에게 소파를 권하고 자신은 바닥에 앉아 요리용 긴 젓가락으로 채소를 넣었다.

"라면 먹고 왔습니다."

"그럼 혹시 더 드실 수 있다면요."

미쓰오는 전골에 재료를 계속 집어넣는 아카리의 옆모습을 가만히 바라보았다.

"무슨 라멘 먹었어요?"

아카리는 미쓰오를 쳐다보지 않고 물었다.

"역 맞은편에 자주 가는 가게가 있어요. 메구로긴자의 헌옷가게 부근에요."

"그 집 맛있어요?"

"맛있진 않아요."

"맛있지 않은데 자주 가시나요."

"늘 사람이 없어서 편하거든요."

"하마사키 씨는 사람 없는 곳을 좋아하죠."

아카리의 옆얼굴에 미소가 떠올랐다.

"아주 좋아하죠. 뭐가 좋으냐면 비어 있으니까요. 그래서 좋아하는 말은 텅텅입니다."

"옛날에 거기에 갔었죠."

"어디요?"

"두루주머니 전시회."

"아, 온갖 두루주머니를 전시했었던. 거기 진짜 한가했죠."

"그리고 아무도 보러 가지 않는 재미없는 영화 같은 거."

"지금은 만원 전철도 탑니다."

"이제는 술자리도 가나요?"

"술자리는 안 갑니다. 죽고 싶어지거든요."

"죽을 필요야 없죠." 아카리가 웃었다.

"곤노 씨도 원래 아웃도어파는 아니지 않나요."

"그렇죠."

"아." 미쓰오는 갑자기 어떤 사실을 떠올렸다.

"네?"

"작년에 근처를 지나칠 일이 있었어요. 있잖아요, 우리가 살던 사사즈카의 연립주택."

"아. 가봤어요?"

아카리는 일어나 부엌으로 가서 냉장고에서 폰즈 소스를 꺼내 온다.

"네, 가봤어요. 그 집이 아직도 있더라고요. 바깥 계단도 그대로고, 2층으로 올라가봤죠. 안쪽에서 두 번째 집이었잖아요."

"네."

"슬쩍 보면서 이 집에서 아, 그 애랑 살았지 했죠. 그 애가 곤노 씨였지만요."

"네."

"부동산도 같이 갔었죠. 몇 군데 안내받기도 하고, 숲길도 있어서 왠지 런던 같다고 했잖아요. 지금 생각하면 전혀 비슷하지 않지만, 둘 다 마음에 들어서 거기로 정하고 각자 가구를 가져왔죠. 인테리어 가게에 가서 빨간 소파를 사고, 커튼은 곤노 씨가 친구의 미싱을 빌려서 만들었고요. 그렇게 살림을 차렸죠, 그런 식으로요. 아, 크리스마스에 둘 다 치킨 세트를 사오는 바람에 난리가 났었지, 같은 그런 추억을 떠올렸습니다. 그 시절의 그런 느낌이 좋았어요."

아카리는 묵묵히 들었다.

"생각했죠. 지금까지 인생에서 겪은 여러 가지 일 중에서 그 시절이 그러니까, 음, 가장 좋았던 순간이라고 할까요. 그때는 설마 곤노 씨랑 이렇게 다시 만날 줄은 몰랐으니까 그런 생각을 한 거죠. 그 애랑 그대로 사귀고…… 결혼했다면 전혀 다른 인생이었을 것 같다 했죠."

아카리가 고개를 들더니 미쓰오를 빤히 바라보았다.

"저, 이혼했습니다. 그래서……."

"좀 드실래요?"

"아. 그럼 조금만."

아카리는 얘기를 가로막듯이 말하며 폰즈 소스를 담은 접시에 대구와 야채를 덜어준다.

"곤노 씨."

"우에하라예요."

"왜 그 사람이랑 결혼하셨어요?"

아카리는 갑자기 웃고는 "남편 말인가요? 드시죠"라며 먹기 시작했다.

"그 사람이 뭔가 실례되는 행동이라도 저질렀나요?"

"제가 아니라 곤노 씨한테요."

"우에하라예요."

"괜찮으세요?"

"한잔해도 될까요?"

아카리는 냉장고로 가서 캔맥주를 꺼내더니 미쓰오 잔까지 가지고 왔다.

"작년까지 다녔던 피부관리숍에 정말 마음이 잘 맞는 친구가 있었어요. 아미라는 애인데, 정말 착한 친구였죠. 마실래요?"

미쓰오가 고개를 끄덕이자 두 잔에 맥주를 따르면서 아카리가 이야기를 이어나갔다.

"남편은 아미의 애인이었어요."

아카리는 미쓰오의 잔에 먼저 잔을 부딪치고 맥주를 마셨다.

"이런저런 모임에서 몇 번 마주쳤는데, 본인이 나서서 떠드는 스타일도 아니었고, 늘 딴 데만 쳐다볼 뿐이라 왠지 종잡을 수 없는 사람이라고만 생각했죠. 그런데 한번은 식당을 추천해주면서 지도를 그려준 적이 있어요."

"지도요?"

"네. 가까이 있던 전단지 같은 종이 뒷면에 슥슥 지도를 그렸는데 엄청 잘 그리는 거예요. 단번에, 아무 망설임 없이 스스슥 하고. 저는 아무렇지도 않은 척 고맙다고 하고 받아들었는데, 솔직히 속으로 탄성을 질렀어요. 뭐라고 해야 하나, 아마 그때부터 마음이 설렜을 거예요."

"달랑 지도 하나 그렸는데 말이죠?"

"네, 달랑 지도 하나 그린 거에."

아카리의 말에 미쓰오는 당혹스러운 웃음을 지었다.

"그리고 얼마 뒤였어요. 마침 그 무렵은 고향에 계신 어머니랑 이런저런 일로 전화로 날마다 싸우던 시기였어요. 만사가 다 귀찮은데 집에는 돌아가기 싫고. 그래서 혼자 시부야에 영화를 보러 갔어요. 후쿠토신 선의 긴 계단을 올라가는데 반대편에서 그 사람이 내려왔어요. 안경을 써서 인상이 달랐지만, 아, 지도 그려준 사람이다 했죠. 정작 지도 그려준 사람은 저를 제대로 기억하지 못해서 아미의 친구라고 말했지만요. 영화를 보러 가던 참이었다고 했더니 그럼 같이 가자는 거예요. 거절했죠. 아미가 화낼 테니까요. 도망치듯이 영화관에 가서 〈월드 인베이전〉이란 영화를 봤는데 머리에 하나도 들어오지 않았어요. 내가 왜 거절했을까. 쓸데없이 신경 쓰지 말고 기껏 영화 한 편인데 같이 보면 좋았을걸. 영화 보는 내내 계속 생각했죠. 벌써 좋아했던 거예요. 이튿날 그 사람이 전화를 했어요. 일요일에 낚시하러 가지 않겠냐고 해서 좋다고 대답했죠."

미쓰오는 잘 이해가 안 돼서 말없이 맥주를 마셨다.

"이해하기 힘든 이야기군요."

"솔직히 말하면."

아카리 자신도 횡설수설하고 있는 것은 알고 있었다.

"저도 잘 모르겠어요. 그전까지 그런 마음이 든 적이 없었으니까. 누구를 사랑하고 싶다는 마음, 연애하고 싶다는 마음이 든 적이야 있었죠. 그런데 그제야 알았어요. 사랑은 하는 게 아니라 빠지는 거예요. 빠져버린 거예요."

미쓰오는 대꾸하지 않고 그저 멍하니 듣고 있었다.

"정말 좋아하는 친구한테서 빼앗았어요. 정말 좋아하는 친구를 울렸죠. 소문이 퍼져서 숍에도 있지 못하게 됐어요. 그때까지 스스로를 냉정하다 할 정도로 시원시원한 편이라고 생각했어요. 그런데 제 안에 그렇게 치사하고도 이기적인 자아 같은 게 있다는 끔찍한 사실을 알게 됐죠. 하지만 그런 게 아무래도 좋을 정도로 행복했어요. 그 사람은 제가 하는 말에 절대로 싫다고 하지 않아요. 결혼하고 싶다고 했더니 좋다면서 바로 혼인신고를 하러 갈 정도로요."

"곤노 씨."

"우에하라예요."

"남자는 똑같은 짓을 되풀이한다지 않습니까. 그 사람이 지금 어디에 있는지 아십니까?"

"글쎄요……."

"눈치챘군요."

"곧 돌아올 거예요."

"그 남자가 무슨 짓을 하는지 알고 있는 거죠."

"……그 사람, 악의는 없어요." 아카리는 그렇게 말하고는 고개를 떨궜다.

"아니, 악의가 없다니……."

"무의식중에 그러는 거예요."

"무의식중이면 괜찮습니까. 그거 무의식 과잉이잖아요."

미쓰오의 입에서 저도 모르게 큰 소리가 나와버렸다.

"화내지 마세요."

"……죄송합니다. 이런 소리를 하려고 온 건 아니었어요. 그저, 그저 힘이 되어드릴 수 없을까 했어요. 곤노 씨, 제가 뭐라도 도울 건 없을까요. 지금 곤노 씨는 분명히 행복하지 않을 겁니다. 그럴 거라고 생각해요. 지금 이건 제가 꼬시거나 하는 게 아니라요. 곤노 씨, 그러니까 아카리가 예전처럼 돌아가면 좋겠어. 그 시절에는 좀 더 생기 있었고, 둘이 함께 살던 좋은 추억이 있던 그 시절로……."

무심코 말투가 '그 시절'로 돌아간다. 그러자 아카리가 갑자기 미쓰오 코앞에서 손뼉을 짝 하고 쳤다.

"10년이 지나도 아무것도 모르시네요."

"네……?"

"나, 하마사키 씨랑 좋은 추억 따위 하나도 없어요."

담담하지만 확신에 찬 말투로 아카리가 말했다.

"당신이랑 헤어질 때 생각했죠. 죽었으면 좋겠어. 이딴 남자 죽었으면 좋겠다고요. 그렇게 멋대로 좋은 추억으로 만들지 마세요."

아카리는 휴우 하고 한숨을 쉬었다.

"저는 그이를 좋아해요. 무슨 일이 있어도 헤어질 마음은 없어요."

그 무렵 료는 아리무라 치히로의 방 침대에 있었다. 료가 사이드테이블에 있는 군밤을 까서 옆에 있는 치히로의 입에 넣어준다.

"턱이 좋아." 치히로는 손을 뻗어 료의 턱을 만졌다.

"간지러워."

료는 계속해서 군밤을 까서는 자신과 치히로의 입에 번갈아 넣는다.

"너무 많이 먹으면 돌아가서 전골 못 먹어. 부인이 배추를 사던 걸."

"부인이라니?" 료는 그렇게 말하면서 군밤을 입에 넣었다.

* * *

이튿날 아카리는 한증막 사우나에 갔다. 옆에는 안면이 있는 단골, 가타기리 마미가 있다.

"아무리 불안해도 지루한 남자랑 함께 사는 것보단 훨씬 나아. 어젯밤에도 12시 넘어 돌아와서는 싹 비우고는 죽까지 두 그릇이나 먹더라고. 열심히 먹는 얼굴을 보니 아무렴 어때 싶더라. 어차피 우리 집으로 돌아오잖아. 부부는 지금이 다가 아니잖아. 장래를 약속하고 결혼한 거야. 극단적으로 말하면, 결국 아내란 남편 장례식 상주로 설 수 있으면 되는 거 아닐까."

아카리는 목욕 수건 한 장만 두른 채로 수다를 떨었다.

오늘은 미팅이다. 나오는 남자들이 연예인 뺨치는 꽃미남이라니, 자신에게 어울리지 않는 모임 같기도 했다. 그래도 유카는 약속 장소인 시부야의 룸으로 된 이자카야로 들어갔다.

"늦어서 죄송합니다!" 룸 앞에서 씩씩하게 외치자 왁자지껄 즐겁게 식사하던 남녀 여섯 명이 일제히 유카를 쳐다보았다. 아무리 봐도 전원 20대 초반이다.

"앗, 죄송합니다, 방을 잘못 들어왔네요……."

"아, 미카 씨 친구분이세요? 미카 씨는 아까 갑자기 일이 생겨서 다시 회사에 갔어요."

들어오라는 말에 앉기는 했지만 이미 커플 세 쌍이 짝을 이뤘다. 술을 주문해 마시기 시작했지만 아무도 말을 걸지 않는다. 옆자리 남자애는 이름이 준노스케라고 하는데 열 살은 족히 어려 보였다.

"메이랑 사라는 어떻게 아는 사이야?"

준노스케는 유카와는 반대쪽 옆에 앉은 여자애에게 물었다.

"촬영할 때 만났어."

"아, 그렇구나. 다들 독자 모델이니까. 사키도 모델이고, 오늘은 전원……."

테이블을 둘러보던 준노스케와 유카가 눈이 맞았다.

"세탁소에서 일합니다."

"아……."

'아……'라니 뭐야. 유카도 준노스케를 따라 "아……" 하고 되뇌었다.

"아니, 호시노 씨도 미인시계(손글씨 보드를 든 360명의 미인이 매분 시간을 알려주는 인터넷 서비스―옮긴이)에 나올 정도로 예뻐요."

"미인시계."

또 되뇌었다.

"괜찮은 각도도 있다는 뜻이에요."

"괜찮은 각도도 있다…… 고맙네요."

미소를 지으려고 했지만 얼굴에 경련이 났다.

"디저트 먹고 싶어." 한 여자애가 말을 꺼냈다. 준노스케는 메뉴를 보았다.

"아이스크림 얹은 가토쇼콜라 있다. 아, 호시노 씨, 쑥떡 있어
요."

"쑥떡……."

나는 쑥떡이냐? 유카는 가방을 잡고 일어났다.

"난 슬슬……."

그때 유카보다 조금 나이가 많아 보이는 남자가 들어왔다. 고
급 정장을 입은 괜찮은 남자다. 유카는 "거기 자리 좀 비켜줄래?"
라고 말하고 생긋 미소 지으며 다시 앉았다.

* * *

죽었으면.

아카리의 집을 나와 메구로 강가를 걷던 미쓰오는 다리 위에
서 멈추어 한숨을 푹 쉬었다. 그러자 바로 옆에서 또 다른 한숨
소리가 들렸다. 놀라서 돌아보니 유카다. 유카도 미쓰오를 쳐다
보더니 서로 말없이 걸었다.

"하마사키 씨, 웬 한숨이야."

집으로 돌아와 신발을 벗으면서 유카가 미쓰오에게 묻는다.

"호시노 씨, 무슨 안 좋은 일이라도 있었습니까?"

미쓰오는 화장을 지우는 유카에게 복도에서 말을 걸었다.

세수하는 물소리와 함께 "아, 재밌었다"라는 목소리가 되돌아
온다.

"오, 꽃미남들과 말입니까."

"뭔가 불만이라도?"

"얘기가 통하긴 했을까 해서."

"완전 잘 통하던걸. 당신은 혼자 있었지?"

"둘이었는데요. 여성과 함께."

"어차피 예전 애인이겠지."

클렌징오일을 잔뜩 바른 얼굴로 유카가 화장실에서 나온다.

"여자한테 차여서 예전 애인한테 달려가는 남자는 최악이야."

미쓰오는 분풀이 삼아 화장실로 들어가 유카가 마구 물을 튀겨놓은 세면대를 박박 닦았다.

"뭐야? 지금 이거 마치면 내가 닦으려고 했어."

"아무 말도 안 했는데요."

"하여간 얄미운 짓만 골라 한다니까. 이혼하길 잘했어."

"동감."

"그럼 지금 당장 할머님께 이혼했다고 말하고 올래?"

"직접 말하겠다면서."

"당신 할머니잖아."

"장인어른의 결석이 나오기를 기다려달라면서."

"그랬지, 내가 그랬는데……. 뭐야, 이혼했는데 이게."

그러더니 무슨 생각이 떠올랐는지 유카가 불쑥 거실 테이블에 앉더니 그 위에 놓여 있던 달력 뒤에 뭔가 쓰기 시작했다.

'1. 불평하지 않는다.'

"규칙을 정해. 지금은 어쩔 수 없이 같이 사는 상황이니까 딱 잘라둘 건 확실히 잘라두자고."

일리 있는 말이다. 그 의견에는 미쓰오도 찬성이다. 고개를 끄덕이며 맞은편 의자에 앉았다.

유카는 '불평하지 않는다'고 쓰고는 그 옆에 '얼굴에도 드러내지 않는다'고 덧붙였다.

"금방 얼굴에 드러내잖아."

"다시 쓰지?"

나중에 덧붙인 '얼굴에도 드러내지 않는다'라고 쓴 글씨가 너무 작아서 균형이 안 맞는다.

"불평하지 않는다."

미쓰오의 의견은 유카에게 그 자리에서 각하당했다.

"'2. 의지하지 않는다. 응석부리지 않는다. 스스로 일은 알아서 한다.'"

미쓰오는 유카에게서 종이를 빼앗아 두 번째 항목을 쓰고는 손에 들고 읽었다.

"나는 딱히……."

미쓰오는 "아, 오늘부터 나는 다용도실, 당신은 침실이야"라고 말하고는 곧바로 세 번째 항목도 적었다.

"'3. 상대방 방에 들어오지 않는다. 물건도 건드리지 않는다.'"

그러자 유카가 재빨리 종이를 도로 빼앗아 네 번째를 썼다.

"'4. 화장실 변기 커버는 내린다.'"

"뭐? 갑자기 자질구레한 문제로 빠지는 거야? 그럼 화장실 휴지는 휴지걸이 바깥으로 8센티미터로 맞춰서 빼줄래?"

"그게 5야?"

"4 옆에 괄호로 쓰면 돼."

미쓰오의 의견을 유카가 4에다 추가했다.

"그리고 목욕하고 속옷 차림으로 돌아다니지 않는다."

미쓰오의 말을 유카는 표현을 바꾸어 썼다.

"5. 서로를 이성으로 의식하지 않는다'."

"이성으로 의식해서 하는 말이 아니야."

유카의 해석에 미쓰오는 불만을 터뜨렸다.

"'6. 연애는 자유'."

유카가 마지막으로 추가하고 코르크판에 붙였다.

* * *

"인생에서 가장 중요한 건 딱 잘라놓는 거야."

아카리는 사우나에서 마미에게 이야기했다.

"남자는 이상해. 왜 과거의 여자가 영원히 자신을 좋아할 거라고 믿지? 집 근처에 옛날에 사귄 사람이 살거든. 나는 아는 사람이 사네, 라고 생각한 게 다야. 결혼도 했고, 행복해 보여서 다행이다 했지. 그런데 집에 찾아와서 남편 험담을 하는 거야. 이혼했다느니, 너랑 좋은 추억이 어쩌고저쩌고. 어머, 너무 무섭잖아. 이웃에 사이코패스가 사는 영화 있잖아, 딱 그 상황인 거야. 마미 씨, 내가 만약 살해당하면 하마사키 미쓰오란 남자가 범인이야."

"예전에 사귀었던 애인과 동네 이웃으로 만났다가 다시 사랑에 빠지는 영화 있잖아요. 아니, 딱히 그러기를 바란 건 아니지만요. 그래도 힘이 되어주고 싶었다고요. 왜 미움받는지 모르겠어요."

미쓰오는 언제나처럼 치아를 세척해주는 나나에게 하소연을 했다.

"아, 그건가? 야동 같은 거 들킨 거 아니에요?"

질문한 사람이 민망하게도 맞춘 모양이었다. 구겨지는 미쓰오의 얼굴을 보고 나나는 얼른 화제를 바꾸었다.

"하마사키 씨는 페이스북 하세요?"

"네? 아뇨, 안 하는데요."

"라인 같은 SNS으로 연락을 주고받다가 예전 애인이랑 다시 시작하는 경우가 많대요."

"글쎄요……." 흥미 없는 척하면서도 내심 흥미진진했다.

"저도 무슨 말인지는 모르겠지만, 그 얘기를 꺼낸 사람 말로는 여자는 치즈를 먹으면 연애하고 싶어진다고 했거든요."

나나는 흥미 없다는 듯이 덧붙였다.

"그렇습니까? 무슨 치즈인가요?"

되묻는 미쓰오의 얼굴이 사뭇 진지했다.

* * *

료가 교수실로 들어가니 치히로가 책상에 엎드려 자고 있고 서랍이 열린 채로 있다.

"내가 가져오라고 부탁한 거 이건데."

료는 책상 위 파일을 가리켰다. 그 목소리에 치히로가 눈을 뜨고 종이 한 장을 내밀었다.

"혼인신고서네요. 왜 학교 서랍에 넣어뒀어요?"

혼인신고서에는 우에하라 료, 곤노 아카리 이름이 적혀 있고 인감이 찍혀 있다.

"……그 케이스 괜찮네."

료는 억지로 화제를 바꾸려고 머쓱한 얼굴로 치히로의 스마트폰 케이스를 가리키며 말했다.

"빌리지 뱅가드(책뿐 아니라 독특한 아이디어 상품들을 파는 서점 – 옮긴이) 같은 데서 흔히 파는 케이스예요."

료는 "흐응" 하고 대답하면서도 민망한 표정을 감추지 못했다.

* * *

미쓰오는 일을 마친 나나와 함께 휴대폰 가게로 갔다. 나나가 골라준 스마트폰을 사서 이자카야에 들어가자마자 박스를 열고 설명서를 읽으면서 이것저것 설정했다.

"꼼꼼히 읽지 않아도 괜찮아요. 저는 하나도 읽지 않는걸요."

"어, 그럼 모든 기능을 파악하지 못하잖습니까."

"자, 계정 만들었어요."

미쓰오는 페이스북 홈 화면의 '친구'를 클릭해 보았다. '0명'이다.

"무례한 인터넷이군요."

"친구가 되고 싶은 사람 이름을 여기에 입력하세요."

미쓰오는 '우에하라 아카리'라고 입력했다. 검색 결과가 나왔지만 해당하는 사람은 없다.

"아, 이분은 페이스북을 하지 않나 봐요."

"그럼 저는 뭣 때문에 스마트폰을 산 거죠?"

"제 이름 추가해둘게요."

나나는 자신을 미쓰오의 친구로 등록했다.

"……호시노 유카란 이름도 추가해주세요."

"알겠어요."

"한자는 맺을 결에 여름 하예요."

"아, 있다. 계정이 있네요."

스마트폰을 받아서 보니 골프채를 든 유카의 사진이 올라와 있다.

"'처음 골프 치러 왔어요. 이제부터 연습할 거예요'래요."

"네? 지금요?"

"예. 아, 히몬야에 있는 연습장이네. 셀카가 아닌 걸 보니 누구랑 함께 있나 보네요."

흠, 그렇군. 미쓰오의 마음속에 복잡한 감정이 싹텄다.

* * *

유카는 미팅에서 만난 오무라와 '스윙 히몬야'에 왔다.

"허리가 들리네요."

오무라는 스윙하는 유카의 뒤로 돌아가 허리에 손을 두른다.

"이대로 쳐보세요."

"네."

가슴이 두근거렸지만 태연한 척 스윙하니 잘못 본 게 아닌가 싶을 정도로 공이 날아갔다.

페이스북에 올리려는데 '알 수도 있는 사람'에 '하마사키 미쓰오'라는 이름이 나온다. 눌러 보니 탁구 라켓을 들고 웃고 있는 미쓰오의 사진이 눈에 들어왔다.

"탁구바에 왔습니다. 겨울에는 실내 스포츠가 제일이죠'?"

정체를 알 수 없는 감정이 울컥 치밀어 올라온다.

"아는 사람 이름이 떠서요."

유카는 오무라에게 스마트폰 화면을 보였다.

"연관 있는 사람과 친구가 되어보라고 추천하는 거죠."

"그럼 상대방도 제 게시글을 볼 수 있나요?"

유카 안에서 라이벌 의식의 불길이 활활 타올랐다.

* * *

탁구바에 있는 미쓰오는 탁구대 옆에서 유카의 페이스북 페이지를 체크했다. 그러자 맛있어 보이는 전골을 앞에 두고 일본주를 마시는 유카의 사진이 떴다.

"'전골 데이트 중'?"

자신도 질 수 없다.

"뭔가 먹으러 갑시다."

유카가 미쓰오의 페이지를 체크하니 치즈 퐁듀를 먹는 모습이 올라와 있다. 곧바로 유카가 오무라에게 말했다.

"……죄송하지만 그쪽 대게 잠깐 빌려주세요."

유카의 타임라인이 갱신되었다. 커다란 게 접시를 든 사진이다.

"……고급 와인 주문합시다."

게 사진을 확인한 미쓰오는 와인을 추가로 주문했다.

* * *

'이제 아는 사람만 아는 근사한 바에 갈 예정이에요.'

유카가 전골 집을 나와 오무라와 걸으면서 페이스북을 쓰는데 갑자기 오무라가 멈춰 섰다.

"그럼 또 연락드리겠습니다."

오무라는 쌀쌀맞게 말하고 돌아가버렸다. 중간까지는 괜찮은 분위기였던 것 같은데 무슨 실수라도 저질렀나. 페이스북에 열중한 유카는 기억이 통 없었다.

* * *

"'이제 아는 사람만 아는 근사한 바에 갈 예정이에요'?"

아는 사람만 아는 바에 대항할 만한 것을 찾아 주변을 둘러볼 때 나나가 하품을 했다.

"졸려서 돌아갈게요."

그렇게 말하고는 나나는 뒤도 안 돌아보고 돌아가버렸다. 미쓰오는 김이 빠져서 집으로 돌아가기로 했다.

메구로 강가를 걷는데 유카가 다리를 건너온다. 유카의 손에는 스마트폰이 쥐어 있다. 물론 미쓰오의 손도 마찬가지다.

"아, 오늘 너무 마셨나 봐."

유카가 누구보고 들으라는 건지 혼잣말처럼 말한다.

"그 가겐 숨은 맛집이었어."

미쓰오도 지지 않으려고 혼잣말을 하면서 서로 어중간한 거리를 유지한 채 걸었다. 집에 돌아온 미쓰오는 분재를 손질하고 유카는 짐볼 위에 앉았다. 이전과 아무것도 바뀌지 않은 광경이다. 그때 스마트폰 착신음이 들렸다. 미쓰오는 곧바로 자신의 폰을 보았지만…… 울린 건 유카의 폰이었다. 유카는 의기양양해서 제 스마트폰을 집었다.

"'오늘은 즐거웠습니다. 또 뵙죠.'"

유카는 들으란 듯이 소리 내어 읽으며 입가에 미소를 지었다.

"……달랑 두 줄이야?"

미쓰오는 나직하게 중얼거렸다.

"잘 나가는 남자는 쓸데없이 긴 메시지를 보내지 않는 법이야. 어차피 메시지도 오지 않는 사람보다는……."

유카가 말하던 도중에 미쓰오의 스마트폰이 울렸다. 우쭐해서 집어들었지만…… 미쓰오는 조작 방법을 모른다. 허둥지둥 매뉴얼을 펼쳐서 읽고 있으려니 유카가 비웃는다.

"메시지 여는 방법도 모르는구나?"

"알아."

"이리 줘봐."

유카는 미쓰오의 스마트폰을 빼앗아 메시지 화면을 열고 "'신규 계약 알림……'"이라고 읽고서 웃음을 터뜨렸다.

"자고 싶어 했으니까 지금쯤이면……."

"뭐? 뭐라고? 자고 싶어 했다고? 최악의 데이트네."

"……그런 상대가 아니거든요."

"그런 상대는 예전 애인인가요?"

유카의 말에 미쓰오는 움찔 반응했다.

"말해두는데, 나는 당신이랑 결혼한 동안 바람피운 적 한 번도 없어."

"당연하지."

"일반적으로 당연하지 않아. 내, 그러니까 내 그런 점을 당신은 조금도 좋게 보려 하지 않지."

"남들도 다 그래."

"다 그렇지 않다고. 그런 남자가 얼마나 많은데. 바람피우는 남자를 감수하고 받아들이는 아내도 있어."

"그게 뭐야 멍청하네."

"……멍청하지."

미쓰오는 진지한 얼굴로 불쑥 중얼거렸다. 뭐냐고 묻는 유카에게 별일 아니라고 답한다. 미쓰오는 다용도실로, 유카는 침실로 들어가 서로 쾅 하고 문을 닫았다.

다용도실의 문이 살짝 열린다. 미쓰오가 그 틈으로 테이블 위에 놓인 스마트폰으로 손을 뻗었다. 어두운 다용도실 안에서 미쓰오는 손에 든 스마트폰으로 페이스북을 열어 다시 한 번 '우에하라 아카리'라고 입력했다. 역시 나오지 않는다.

실망하면서 화면을 보던 미쓰오는 새 소식을 발견했다. 나나가 '근사한 밤이었습니다'라며 치즈 퐁듀 사진을 올렸다. 미쓰오는 반사적으로 '좋아요' 버튼을 눌렀다.

* * *

또 야구장에 끌려 나간 미쓰오는 내내 허리 상태가 걱정됐다. 흙투성이 유니폼을 그대로 입고 금붕어 카페에 가자 쓰구오가 떨떠름한 얼굴로 서 있다. 무슨 일이냐고 눈짓으로 묻자, 안쪽 테이블을 턱짓으로 가리킨다. 거기에는 도모요를 비롯하여 동네 주부 대여섯 명이 모였고, 가운데에서 료가 마법을 선보이고 있었다. 간드러진 목소리로 탄성을 지르는 주부들의 눈이 하트 모양이다.

"남자는 불공평하구나."

쓰구오가 투덜거린다. 미쓰오는 더러운 유니폼을 입고 돌아다니지 말라는 도모요의 잔소리에 갈아입을 옷을 빌려 입고 만두피를 오므렸다.

"왜 이런 옷밖에 없는 거야."

미쓰오는 빨간색과 흰색의 두꺼운 줄무늬 셔츠를 입고 도모요에게 불평했다.

"작년 할로윈 때 네가 입은 옷이잖니."

"우메즈 가즈오(일본의 만화가로 빨간색과 흰색 줄무늬 티셔츠가 트레이드마크와 같다)였나."

쓰구오가 놀리듯이 말한다.

"'월리를 찾아라'라고요."

미쓰오가 그렇게 말하고 돌아보니 료를 둘러싼 주부들이 일어나며 "또 봐"라고 료에게 손을 흔들면서 돌아가는 참이었다.

"아."

료는 미쓰오를 발견하고 다가왔다. 하지만 미쓰오의 이름은 기억나지 않는 모양이다.

"하마사키입니다. 얼굴은 기억해주셨군요."

"앉아도 됩니까?"

료는 미쓰오 옆자리를 가리키며 물었다.

"편하신 대로 하세요. 전 가게 직원이 아니니까."

"그럼 실례하겠습니다." 료는 앉으면서 미쓰오의 차림을 보고 말했다.

"잘 어울리시네요."

"어울린다는 말의 사용법을 다시 고민해보시죠."

미쓰오가 퉁명스럽게 대꾸했다.

"미쓰오도 료에게 마술을 배우면 어때?"

도모요가 말하자 미쓰오는 "마술은 싫어해"라며 바로 거절했다. "엇, 왜요?" 료가 묻는다.

"그런 걸로 꺄꺄 소란 떠는 게 바보 같잖습니까."

"마술이 싫은 게 아니라 사람들이 즐거워하는 모습이 싫다는 소린가요?"

료가 미쓰오에게 질문공세를 날린다.

"굳이 말하자면, 네."

"다른 사람이 즐거워하는 모습을 보면 즐겁지 않으세요?"

"전혀요. 텔레비전을 보다 보면 예! 이러면서 다들 왁자지껄 웃는 장면이 나오잖아요. 그럴 때마다 텔레비전을 부수고 싶어집니다. 어른이라서 실제로 부수지는 않습니다만."

"아, 하지만 저도 술자리에서 말이 별로 없다는 얘기를 들어요."

"아마도 당신이 술자리에서 말이 별로 없다는 얘기를 듣는 것과 제가 술자리에서 입을 다무는 것과는 종류가 다를 겁니다."

"네?"

"어떻게 하면 그렇게 인기가 많아지나요?"

미쓰오는 저도 모르게 진지한 얼굴로 료 쪽으로 몸을 뻗었다.

* * *

유카는 세탁소를 찾은 아이코와 카운터를 사이에 두고 앉아 차를 마셨다. 손을 가만두지 못하고 전표 정돈도 해보았지만 유카의 긴장감은 심해지기만 했다.

"할머니, 고라쿠엔 갔다가 밥 먹으러 갈까요? 드릴 이야기도 있고."

유카는 결심하고 이야기를 꺼냈다.

"무슨 이야기인데 그래?"

"네? 아뇨, 가서 해도 돼요."

"뭐야, 신경 쓰이잖니. 지금 얘기하렴."

"그런가요. 아, 아니, 하지만."

"뭐야."

"아니, 음. 그래도, 아, 차 드실래요?"

"그러자꾸나."

"그러죠, 그러니까 그게……."

그때 손님이 들어오며 벨이 울렸다. 유카는 한숨 돌리며 "어서 오세요"라고 크게 외쳤다.

아이코가 여자 손님을 보고 "어머" 하자 여성도 "아, 지난번에는 신세졌습니다"라고 미소를 지었다. 아이코는 여자 손님을 미쓰오의 친구라고 소개했다. 아카리다.

"그이의 친구라는 사람을 처음 만났어요."

유카는 아카리를 빤히 바라보았다.

"같은 대학을 다니긴 했습니다만 친구라고까지는……."

"아, 부정했다."

"미쓰오라면 애인도 없지 않았을까?"

아이코도 그런 소리를 한다.

"있을 리가 없죠. 틀림없이 인기 없었을 거예요."

"그런데 남편이 인기가 많으면 걱정되지?"

아이코의 질문에 아카리는 미소를 지으며 고개를 갸웃했다.

"그렇게 인기가 많나요?"

"료는 편해. 성가시지가 않아."

"중요해요! 남자의 가치는 성가신지 아닌지로 결정된다고 봐요."

유카는 아이코의 말에 지체 없이 동의했다.

"남자들은 그걸 모른다니까. 괜히 취향이니 어쨌다니 하면서 이러쿵저러쿵."

아이코도 고개를 끄덕인다.

"취향 운운하는 남자는 최악이에요." 유카는 미워 죽겠다는 듯이 말하고 얼굴을 찌푸렸다.

* * *

"사람이 취향이란 게 있잖아요. 여자가 매운 음식을 먹고 싶다고 하니까 저는 본고장 태국 요릿집에 데려갔어요. 그랬더니 여자는 뭐야, 너무 맵다, 이런 거 못 먹는다면서 투덜대요. 매운 게 먹고 싶다고 한 사람은 그쪽이라고요."

열변을 토하는 미쓰오에게 료는 맥 빠진 목소리로 "아아" 하고 추임새 비슷한 것을 넣는다.

"여자들은 사자가 사슴을 잡아먹어서 가엾다고 하면서 지비에

요리(직접 수렵한 야생 동물로 조리한 요리 – 옮긴이)가 유행한다면 먹어보고 싶다고 하죠. 그런 제멋대로인 인종과 대체 무슨 이야기를 어떻게 해야 하죠?"

"이야기를 나누고 싶긴 해요?"

"네일 한 걸 보여주면 뭐라고 대답해야죠?"

"으음."

"〈섹스 앤 더 시티〉 얘기를 꺼내면 어떤 표정을 지으면 되죠?"

"으음."

"으음이 아니라 대답을 하세요."

"아니, 저도 딱히 인기는 없어서요."

료의 말에 미쓰오는 저도 모르게 울컥한다.

"아니 진짜 그렇다니까요……."

"만두 다 빚었으니 가보겠습니다."

미쓰오는 벌떡 일어났다가 그 자리에서 직립부동으로 꿈쩍하지 않았다.

"……왜 그러세요?"

묻는 료에게 미쓰오는 다시 극심한 통증이 몰려온 자신의 허리를 가리켰다.

* * *

"아카리, 아직 시간 있니? 집에 맛있는 과자가 있어. 지금 가져올게."

"아니에요, 괜찮아요."

아카리가 사양하며 대답했다.

"제가 다녀올게요." 그렇게 말하는 유카를 만류하며 아이코는 "괜찮아, 기다리렴"이라며 가게를 나섰다.

"이제 곧 알바가 올 테니까 저희 집으로 옮겨요. 바로 위거든요."

유카는 2층을 가리키며 말했다.

* * *

하마사키 가의 현관 앞에서 료에게 부축받은 미쓰오가 오도가도 못하고 서 있었다.

"아픈 걸 한 번만 참아봐요. 한 번 참으면 올라갈 수 있을 테니까."

"불가능합니다."

미쓰오는 얼마 되지도 않는 현관 턱을 올라가지 못하고 있었다.

"딱 한 번만 참으면 돼요."

료가 미쓰오를 응원했다.

"아뇨, 아무리 한 번이라고 하지만……."

"영차."

료의 응원에도 미쓰오는 반응하지 않는다.

"영차."

"그거 그만하면 안 됩니까, 영차영차 하는 거."

그렇게 말하더니 미쓰오는 끙끙거리면서 간신히 턱을 올랐다.

"안쪽. 안쪽으로."

"네."

료의 부축을 받으면서 침실로 이동하려던 때였다. 현관문이 열리는 소리가 들렸다.

"지저분하지만 들어오세요."

그렇게 말하며 들어온 사람은 유카와 아카리였다.

어? 뜻밖의 장소에서의 만남에 네 사람은 서로의 얼굴을 마주 보았다.

* * *

"폐를 끼쳤네요."

료에게 고개를 숙이면서 유카는 차를 내왔다.

"아뇨. 처음 뵙겠습니다."

처음이 아니지만 유카도 "안녕하세요" 하고 대답했다.

"조금 전에 알았어. 하마사키 씨 부인이시래."

아카리는 료에게 유카와 만난 사정을 이야기했다.

"상태를 잠깐 볼게요."

유카는 의자에서 일어났다.

"아, 금방 돌아갈게요."

그렇게 말하는 아카리에게 "할머니가 돌아오실 거라서요"라고 대답하고 침실로 들어갔다.

"저 남편, 저번에 가게에 온 립스틱 셔츠 남자 맞지?"

"맞아."

"어떤 태도로 얘기하면 돼? 댁의 남편이 바람피우고 있습니다?"

침대에 누운 미쓰오에게 작은 목소리로 물었다.

"안 돼. 아무것도 모르는 척해."

"비밀 유지할 자신 없단 말이야. 애초에 우리가 이혼했다는 사실도 숨겨야 하잖아."

"그건 됐어. 우리가 이혼한 건 알아."

"알아? 괜히 연기했잖아."

"하지만 남편 쪽에는 말하지 않았어."

"성가시기도 해라."

"일일이 따지지 마."

침실을 나가려던 유카가 "잠깐만" 하고 돌아보았다.

"남편이 아니라 부인이 우리가 이혼했다는 사실을 안다구?"

"응."

"왜 부인한테 이야기했어? 어, 뭐야, 어떤 타이밍에?"

"으응……."

"아, 저 사람 혹시……."

"아니……."

미쓰오는 부정하려 했지만 거짓말에는 소질이 없다.

"……그런 거로구나?"

유카에게 너무 쉽게 간파당했다.

"……그런 겁니다."

"……아, 아무래도 좋은데 말이지. 진짜 성가시거든."

"분위기 파악 잘해."

"분위기 최악이야."

쌀쌀맞게 말을 내뱉고 유카는 침실에서 거실로 돌아갔다.

* * *

"아파하네요."

웃는 얼굴로 두 사람을 봤지만 아무래도 아카리를 의식하고
만다.

"귤 드시겠어요?"

그렇게 말하면서 유카는 귤을 가지러 갔다.

"전 귤 별로 좋아하지 않아서요."

료는 남을 의식하지 않고 대답한다. 유카는 난처해하면서 "친
정에서 보내온 건데 꽤 맛있어요"라고 얼버무린다.

"잘 먹을게요. 고향이 어디세요?"

아카리가 신경을 써서 바로 귤을 받아들며 물었다.

"후지노미야예요."

"야키소바."

료가 머릿속에 떠오르는 말을 툭 내뱉는다.

"맞아요. 아, 가보셨어요?"

"간 적은······."

유카가 료의 이야기를 이어보려고 했지만 더 이상 대화가 진전되지 않는다. 아카리도 눈치가 보였는지 침실을 보며 "마사지해드릴까요"라는 말을 꺼냈다.

"아, 그렇구나. 마사지사라고 하셨죠. 부탁드려도 될까요?"

유카가 말하자 아카리는 고개를 끄덕이고 침실로 들어갔다. 유카는 료와 단둘이 되었지만 이 상황은 이 상황대로 어색하다.

"고향은 어디세요?"

"스기나미입니다."

"아아, 스기나미 같다 했어요, 응."

역시 두 사람의 대화는 이어질 기미가 안 보였다.

* * *

"지난번에는······."

아카리의 마사지를 받으면서 미쓰오가 입을 열었다.

"저기요." 이번에는 아카리가 말을 꺼낸다.

"그런 이야기는 이제 됐어요."

"아니······."

"확실히 맺고 끊죠."

"······."

"저희는 이제 막 이사 왔고, 한동안 여기에 살 거예요. 하마사키 씨도 이사할 예정은 없으시죠."

"네……."

"그러면 저나 남편하고도 얼굴을 마주칠 거예요. 오늘처럼요."

"네."

"그럴 때마다 어색한 상황 만들고 싶지 않아요. 저는 평범하게 이 동네에서 이대로 지금처럼 일을 하며, 주부로 살고 싶어요. 뭐가 옳고 그른지는 신경 쓰고 싶지 않아요."

"네."

"그러니까 제 남편이 어디서 누구와 있든, 그 모습을 보더라도 못 본 걸로 치세요."

"……."

"이렇게 맺고 끊어주세요. 저는 지금 평범하게 행복하니까요."

딱 잘라 하는 말에 미쓰오는 "……아, 네" 하고 대답하는 수밖에 없었다.

* * *

유카가 료를 상대로 고양이 이야기를 하는데 아카리가 돌아왔다.

"저기 저쪽에 신사가 있잖아요. 거기에 지금보다 더 새끼 고양이였을 때 버려졌더라고요. 그이가 애들을 주워왔죠."

"이름이 뭐예요?"

아카리가 묻는다.

"이 애가 핫사쿠고, 얘는 마틸다예요."

유카가 대답한 그때 침실 문이 열리고 미쓰오가 엉금엉금 옆으로 기어 나왔다.

"핫사쿠는 아내가 지은 이름입니다. 저는 마틸다 이름을 지어
줬죠. 핫사쿠라니 좀 그렇죠."

"어디 가는 거야."

유카가 묻자 미쓰오는 "화장실" 하고 대답했다. 그러고는 게처
럼 옆으로 기어간다.

"할머니, 늦으시네요."

아카리가 시계를 보았다.

"늘 그러세요. 아마 어디서 수다 떨고 계실 거예요."

유카는 화장실에서 돌아와 소파에 누운 미쓰오를 쳐다봤다.

"왜?"

"아니, 거기 있으니까."

"내 집이잖아."

"신경 쓰여."

"그건 그쪽 사정이고 나는 내 집에 있을 뿐이야."

"저어, 저희가 방해가 되면……."

두 사람의 험악한 분위기에 아카리가 일어나려 한다.

"천천히 있다 가세요. 제가 움직일 수 있으면 이것저것 대접해
드릴 텐데."

빈정거리는 말투였다.

"이것저것 대접해드렸어."

유카가 민감하게 반응한다.

"시즈오카 차와 시즈오카 귤 말인가."

"그러면 안 돼?"

"엇, 우에하라 씨, 지금 제가 안 된다고 했나요?"

미쓰오가 유카와의 말다툼에 료와 아카리까지 끌어들였다.

"그러면 계시기 불편하잖아. 내가 초대했으니까 가만히 있어
줄래?"

"댁이 먼저 말을 거니까 그렇지." 미쓰오는 시선을 피했다.

"두 분은 싸운 적 없어요?"

유카가 묻는다.

"싸운 적 있었나."

"없었지."

"네? 한 번도요?"

"한 번도 없어요."

"어떤 일로 싸워요?"

료가 거꾸로 묻는다.

"온갖 일로 싸우죠. 이를 테면 제가 손톱을 깎다가 너무 바짝
깎은 적이 있어요."

유카가 말을 꺼내자 미쓰오는 "또 그 얘기야"라며 참견했다.

"어라, 누가 뭐라고 하는 거지?"라며 미쓰오를 쳐다보자, 시선
을 피해서, 유카는 이야기를 계속했다.

"손톱을 너무 짧게 잘라서 아프다고 했더니 이이가 옆에서 책
을 읽다가 시끄럽다는 거예요. 상아 때문에 목숨을 빼앗긴 코끼

리에 비하면 손톱을 짧게 자른 정도는 별일 아니라면서. 어떻게 생각하세요? 눈앞에 있는 아내보다 책 속의 코끼리가 중요하다니. 너무하지 않아요?"

유카가 아카리를 보자 쓴웃음을 짓고 있다.

"남편분이 화낸 적 없어요?"

"전혀요."

유카가 이번에는 료에게 물었다.

"화나는 일 없으세요?"

"있습니다."

"어떨 때요?"

"말 많은 포르노 남자배우를 보면 화가 납니다."

료의 대답에 미쓰오가 품 하고 웃음을 터뜨렸다.

"남편이 그런 영상 보는 거 싫지 않으세요?"

유카는 아카리에게 물어본다.

"보지 않는 남자는 없다고 하고. 또 그런 일로 화내봐야 소용없잖아요. 남자가 하는 일로 너무 화를 내는 것도 좀 그래요."

"그렇지. 그렇다니까. 결국 손해는 내가 보니까."

유카는 미쓰오를 향해 비꼬듯이 말했다.

"옛날에 무척 화난 적이 있다고 했지."

료가 갑자기 아카리에게 말했다.

"응?"

"전에 취했을 때 얘기했잖아. 예전에 사귄 남자 중에 최악의 남자가 있었다고. 죽어버렸으면 했다고."

료의 이야기에 아카리가 흠칫 놀란 표정을 지었다. 혹시……. 유카가 미쓰오를 바라본다.

"누구였더라."

"그런 이야기는 하지 말자."

"그래, 대학 시절 애인이라고 했잖아."

역시나. 유카는 미쓰오라고 확신했다. 미쓰오가 눈에 띄게 동요했다. 아카리가 료에게 눈빛을 보내자 료가 그제야 분위기가 이상한 걸 깨닫고 입을 다물었다.

"별 얘기 아니에요."

"아, 귤 더 있어요."

"슬슬 돌아갈게요. 할머니께는 나중에 인사드리겠습니다."

"그러세요."

"실례가 많았습니다."

아카리가 일어났을 때였다.

"그 사람이 무슨 짓을 했습니까?"

미쓰오가 필사적으로 몸을 일으켰다.

"무슨 짓을 했는지 알려주세요. 무슨 짓을 했습니까? 곤노 씨."

굳이 옛날 성으로 부르며 추궁하는 미쓰오에게 체념했는지, 아카리는 다시 의자에 앉았다.

"저는 아오모리 하치노헤의 어촌에서 태어났어요. 아버지는 어부셨죠. 전 아버지를 정말 많이 따랐어요."

123

어째서 어릴 때 얘기부터 하는 걸까 의아해하면서 세 사람은 아카리의 이야기에 귀를 기울였다.

"아버지가 고기잡이에서 돌아오는 전날은 한숨도 자지 못하고 누구보다 빨리 항구로 가서 아버지가 돌아오시기를 기다렸어요. 풍어기(豊漁旗)를 건 아버지가 배에서 내리면 달려가서 듬직한 팔에 매달렸죠. 바다 냄새가 나는 아버지가 정말 좋았어요. 그런데 아버지는 제가 열네 살 때 돌아가셨어요."

세 사람은 놀라서 고개를 들었다.

"상어의 공격을 받았어요. 배에서 떨어져서 행방불명이 되었다고 했는데, 여덟 시간 뒤에 시신으로 발견되었죠. 저는 그 이후로 늘 얼빠진 채로 지냈어요. 학교에 가도 지루하기만 하고, 집에 돌아와서는 엄마한테 짜증만 냈죠. 밤중에 이불 안에서 남몰래 울기만 했어요. 하루는 학교를 빼먹고 동네 쇼핑센터를 돌아다니다가, 또 아버지가 떠올라서 눈물이 멈추지 않는 바람에 화장실에 들어가서 계속 울고 있었어요. 그런데 그때 어딘가에서 노래가 흘러나왔어요. 그 무렵 유행한 주디 앤 마리의 〈클래식〉(일본의 록 밴드 주디 앤 마리의 대표곡)이란 곡이었어요. 저는 그대로 레코드가게로 가서 앨범을 사서 그 뒤로 몇천 번을 들었는지 몰라요. 보컬인 유키를 동경했죠. 언젠가…… 잘은 모르겠지만 언젠가는……"

아카리는 문득 자조적인 미소를 지으며 말을 이었다.

"유키처럼 되고 싶었어요. 간절하게 바랐죠. 도쿄에 와서 대학을 다니면서도 변함없이 동경했어요. 몰래 악기 연습도 하고 나름대로 곡도 만들어보고. 네, 사실 저도 깨닫고 있었죠. 나한테는 재능 따위 전혀 없다는 거요. 무리겠지, 그래도, 무리겠지, 그래도, 그걸 계속 되풀이했죠. 결국 연애로 도망쳐서 남자를 사귀고……."

그 사람이 미쓰오였을 것이다. 유카는 고개를 끄덕였다. 료도 어렴풋이 알아챈 기색이다.

"제 꿈은 부끄러워서 말하지 못하고 감추었지만 몇 달이 지났을 무렵 마음먹고 털어놓으려고 했어요. CD를 계속 반복해서 틀어놨어요. 제 꿈이며 아버지 얘기도 해보려고 했어요. 위로를 바란 건 아니었어요. 그저 나한테 이런 일들이 있었고 꿈이 있다는 걸 알아줬으면 좋겠다, 그냥 그게 다였죠. 그런데 그 사람이 집으로 돌아와 흘러나오는 유키의 노래를 듣고 그러더군요. 이 시시한 노래는 뭐야. 싸구려 꽃무늬 변기커버 같은 음악이라고요."

더없이 미쓰오다운 말이라고 유카는 생각했다. 당사자인 미쓰오는 완전히 넋 나간 표정이다.

"저는 아무 대꾸도 하지 않고 편의점에 다녀오겠다고 하고 나갔어요. 정말로 편의점에 가서 잡지를 읽고 돌아오는 길에 생각했죠. 이제 꿈 따위 그만 생각하자. 나는 유키가 될 수 없어. 너무나 평범하고 심심한 인간이야. 괜한 큰 동경 같은 거 품으면 안 되는 거였어. 집으로 돌아오니 그 사람은 텔레비전으로 영화를 보고 있었어요. 《죠스》였죠. 웃으면서 말하더군요. '상어한테 먹

혀 죽는 것만은 싫지 않아?'라고요. 이튿날 저는 아무 말도 하지
않고 이사했습니다."

"……최악이네."

유카는 한숨을 쉬었지만 아카리는 "아니에요"라고 고개를 가
로저었다.

"딱히 누가 잘못한 게 아니에요. 그저 누군가에게 살아가는 힘
이 되어준 것이 누군가에게는 변기커버 같은 것인지도 몰라요."

"……다들 타인이니까."

유카가 갑자기 떠오른 생각을 말했다.

"네. 다른 장소에서 태어나 다른 길을 걸으며 자란 타인이니까
요."

그렇게 대답한 아카리의 등에 손을 대고 료는 "돌아갈까"라고
재촉했다. 아카리도 고개를 끄덕이고 현관으로 향했다. 미쓰오는
입을 꾹 다물고 말이 없었다.

* * *

집으로 돌아가자마자 아카리는 현관에서 료를 뒤에서 끌어안
았다.

"어딘가 가고 싶다."

"어디?"

"어디든 좋아, 어딘가."

"온천 같은 데?"

"응." 아카리는 대답하고 료의 등에 볼을 댔다.

* * *

'오늘 밤에 시간 있으십니까? 괜찮으시면 《라이프 오브 파이》라도 보러 가실래요?'

이튿날 아침 오무라에게 페이스북 메시지가 왔다.

'《라이프 오브 파이》?'

무슨 영화인지 모르지만 유카는 바로 답장을 보냈다.

'우와! 그 영화 보고 싶었어요.'

그때 출근 준비를 하던 미쓰오가 불쑥 튀어나와서 "다녀오겠습니다"라며 유령처럼 나갔다.

"……아, 잘 다녀와."

인사와 동시에 현관문이 닫혔다. 괜찮을까 걱정하면서 유카는 오무라와 대화를 이어나갔다.

* * *

일을 마치고 유카는 약속한 영화관으로 달려갔다. 매표소 앞에 서 있는 오무라가 보여서 기둥 뒤에 숨어 헝클어진 머리카락을 정리하고 숨을 가다듬은 뒤 다가갔다.

"안녕하세요. 제가 늦었죠."

그러자 오무라는 미묘한 표정으로 손목시계를 내려다본다.

"벌써 시작했군요."

"아, 하지만 아직 1분도 지나지 않았는데……."

"그 1분 사이에 중요한 장면이 있었을지도 모르니까요."

"어…… 그럼 사과의 의미로 제가 저녁을……."

"아직 배도 안 고프니 회사로 돌아가야겠네요."

오무라는 회사로 돌아가고 말았다. 하아, 이 작자도 좀스러운 남자인가. 짜증이 밀려와 돌아가려는데 전화벨이 울렸다. 화면을 보니 모르는 번호였지만 일단 받았다.

"여보세요. 저번 술자리에서 옆에 앉았던 준노스케예요."

"아아."

그 어린 남자애?

"지금 또 모일 건데 오시지 않을래요?"

"……지금 바쁜데."

"하지만 방금 차였잖아요."

어? 유카는 주위를 둘러보았다. 그러자 청소부 옷을 입고 대걸레를 든 준노스케가 유카와 눈이 마주치자 장난스러운 포즈를 취했다.

* * *

미쓰오는 사 온 도시락을 먹으려다가 젓가락을 내려놓았다. 그리고 대여점 봉지를 열고 주디 앤 마리의 베스트앨범을 꺼내 컴퓨터에 넣었다. 먼저 들을 곡은 당연히 〈클래식〉이다. 재생 버튼을 누르고 화면의 파일을 열어 10년 전 미쓰오와 아카리의 사진을 불러왔다. 미쓰오는 테이블에 올린 팔에 얼굴을 묻으면서 노래를 들었다.

그리고…… 다 들은 미쓰오는 집을 뛰쳐나갔다. 아픈 허리를 간신히 달래면서 우에하라의 집에 도착해 초인종을 눌렀다. 그러자 "누구세요"라며 문 너머로 아카리의 목소리가 들렸다.

"저 하마사키입니다. 사과하고 싶어서 찾아왔습니다."

말했지만 대답은 없다.

"죄송합니다. 당시 일은 기억나지 않습니다. 기억나지 않지만 곤노…… 아카리 씨의 말대로라면 제가 말이 지나쳤다고 생각하니까요……."

안에서 자물쇠를 잠그는 소리가 들리더니 체인을 거는 소리와 실내로 돌아가는 발소리가 들렸다. 죄송합니다. 미쓰오가 고개를 깊이 숙이고 계단을 내려가는데 여자애가 서 있었다. 의아해하며 지켜보는데 여자애가 느닷없이 팔을 쳐올리며 손에 든 돌멩이를 던졌다.

쨍그랑.

돌은 창문을 깨고 집 안으로 날아 들어갔다. 어안이 벙벙해 있는 사이 여자가 도망쳤다. 미쓰오는 우에하라 가를 신경 쓰면서도 허둥지둥 여자를 쫓았다.

여자는 카페로 들어가더니 다짜고짜 안쪽 자리에 앉았다. 이어서 들어온 미쓰오에게 가게 주인이 "두 분이세요?"라고 묻는다. 뭐라고 대답하면 좋을지 망설이는데 그 여자애, 치히로가 커피를 두 잔 시켰다. 미쓰오는 애는 대체 뭐지? 하면서도 맞은편에 앉았다.

"도망쳐도 소용없어. 나는 너를 아니까."

"저도 아저씨를 알아요. 교수님 부인이랑 걷는 모습을 본 적이 있어요. 불륜인가요?"

미쓰오는 세차게 고개를 가로저었다.

"하지만 조금 전에 문 앞에서 스토커처럼……."

"그건……. 아니 잠깐만. 지금 내가 여기에 온 건 아까 네가 한 짓을……."

"제 일은 됐어요."

"되긴 뭐가 돼. 이 상태로는 내가 의심받잖아."

"귀찮으니까 결론부터 말해도 되나요?"

"뭔데."

"교수님 부인을 빼앗을 마음 있어요?"

응? 저도 모르게 눈을 동그랗게 뜬 미쓰오의 대답을 기다리지 않고 치히로는 떠들었다.

"저로서는 그 방향이 좋은 것 같은데, 아저씨는 그래서 어쩔 거예요?"

"어쩔 거냐니……."

"하마사키 씨, 이해력이 달린다는 소리 안 들어요?"

"……어, 그러니까 내가 우에하라 씨의 부인을 내 걸로 만들고 그 결과 너는 우에하라 씨를 자기 걸로 삼겠다는 이야기인가?"

"그 사람, 교수님이랑 제 사이 알고 있죠? 그런데 아주 태연한 얼굴이에요."

"그건……."

"교수님이 자기 거라고 생각하기 때문이겠죠. 하지만 교수님 은 그 사람 게 아니에요. 누구의 것도 아니에요."

"그야 인간은 타인의 소유물이 아니지만……."

미쓰오는 나온 커피를 입에 댔다.

"교수님은 그 사람이랑 혼인신고서를 제출하지 않았어요."

응? 커피를 입에 머금은 상태로 정지하자 "흘러요"라며 치히로 가 미쓰오의 입가를 손가락질했다. 허둥대며 닦는데 치히로의 이 야기가 계속되었다.

"아무튼 불륜은 아니니까, 하마사키 씨도 그 여자를 자유롭게 좋아하셔도 돼요."

좋아해도 된다고 해도…….

미쓰오는 얼이 빠진 채 카페를 나와 집으로 걸어갔다. 다리를 건너는 도중에 멈춰서 강을 내려다보며 손을 뻗는다. 그때 손바 닥에 하늘하늘 눈이 떨어졌다. 녹아가는 눈을 바라보는데 옆에 누군가 섰다. 아카리다. 아카리는 미쓰오의 손을 잡고 손바닥에 뭔가를 쥐였다. 조금 전 여자애, 치히로가 던진 돌이다.

"저도 말이 지나쳤어요."

아니, 이건 내가 던진 게……. 미쓰오는 말하고 싶었지만 입에 서 말이 나오지 않았다.

"벌써 옛날 일이고, 누가 더 잘못했다는 것도 아니고……. 그 뒤로 10년이 지나 서로 어른이 됐고, 이웃이고, 잘 지내면 좋겠어요. 그러니까 이제 그런 짓은 그만하세요."

"……."

"앞으로는 어른답게 지내요."

"죽으면 될까."

무심코 그런 말이 미쓰오의 입에서 나왔다.

"죽으면……."

"죄송해요. 말이 지나쳤어요. 이제 그렇게 생각하지 않아요. 지난번 남편 얘기 때문에 무심코 말이 튀어나왔지만 이제 그런 마음 전혀 없어요."

생각보다 훨씬 의기소침한 미쓰오를 보고 놀라서 아카리가 태도를 바꾸었다. 그러나 미쓰오의 표정은 완전히 생기를 잃은 상태였다.

"단체 줄넘기 같아요."

"네?"

"줄이 휙휙 돌고 있죠. 다들 그 안에서 뛰면서 안으로 들어오라고 해요. 그런데 제가 들어가면 줄이 제 다리에 걸려서 멈춰버리는 거죠."

"……하마사키 씨?"

"뭘 어떻게 하면 좋을지 모르겠어요. 뭘 어떤 식으로 말하면 좋을지 모르겠어요. 뭐 하나 제대로 하는 일이 없어요. 온갖 일들이 마음대로 되지 않아요."

미쓰오는 고개를 푹 떨구었다.

* * *

어둠을 가르듯이 열차의 헤드라이트가 선로를 비춘다. 창밖은 눈보라다. 열차가 어둠 속을 덜컹덜컹 달려간다.

꿈……인가. 료는 눈을 뜨고 러브호텔 천장을 응시했다. 옆에 여자 모습은 보이지 않는다. 그때 욕실 문이 열리고 목욕 수건을 두른 연상의 여자, 히노 아키가 나왔다.

"꿈 꿨지? 끙끙거리더라."

아키는 료 옆으로 쓱 파고들었다.

"카시오페아."

"카시오페아? 별?"

"그런 열차가 있어. 우에노에서 삿포로까지 하룻밤 걸쳐 달리는 침대열차. 가끔 꿈에서 봐."

"그때마다 가위에 눌리는 거야?"

"여자랑 있으면 자주 꾸는 것 같아."

"남자는 바람피울 때 죄책감을 느낀대. 여자는 죄책감 따위 느끼지 않지. 오히려 속시원한걸."

아키는 료의 가슴에 기댔다.

"테트리스란 게임 알지? 그거랑 비슷해. 게임은 대개 우주선을 쏘거나 좀비를 쓰러뜨려. 하지만 테트리스는 뭔지 잘 모르겠어.

연속해서 내려오는 블록을 요령껏 맞추면 사라지지. 지금 이 느낌이랑 비슷해. 뭘 하는지 모르겠어. 목적도 없어. 끝도 없어. 그저 내몰리듯이, 누군가 재촉하듯이 이어질 뿐이야."

료는 천장을 응시한 채 혼잣말처럼 말했다.

최고의 이혼

Chapter 4

"무슨 일 있었어요?"

아카리가 미쓰오의 얼굴을 들여다보았다. 미쓰오는 손바닥의 돌멩이에 시선을 떨어뜨렸다. 이 돌을 던진 여자애가 료는 아카리와 혼인신고서를 제출하지 않았다고 했다. 그러니까 미쓰오도 아카리를 자유롭게 좋아해도 된다고 했다……

미쓰오는 아카리를 빤히 바라보았다. 아카리가 고개를 갸웃하며 같이 바라본다.

"아무것도 아닙니다. 그냥 평범하게 괴로울 뿐이에요. 실례하겠습니다."

미쓰오는 고개를 숙이고 도망치듯이 그 자리를 떠났다.

                                    * * *

"흐음, 프리터(아르바이트로 생계를 유지하는 사람 – 옮긴이)로구
나."

유카는 준노스케와 길거리 오뎅집에서 데운 술을 먹었다.

"뭐, 어떻게든 되겠죠."

"어떻게 되긴 뭐가 돼. 그렇게 대충 생각해서 인생이 잘 풀릴
리가 없잖아."

"저는 후지산을 보고 자라서 자잘한 일에 신경 쓰지 않아요."

"어…… 하나만 물을게. 후지산이라면 야마나시 현? 시즈오카
현?"

"네? 그야 시즈오카 현이죠."

당연하지! 그렇죠! 두 사람은 한 목소리를 냈다.

"어디 출신이에요?"

"후지노미야."

"후지카와요."

"해피 구루메 도시락이라고 하면?"

"돈돈?"

"♪맛―있는 돈돈 도시락 돈돈."

두 사람은 한 목소리로 노래하고 "예―!" 하며 서로 얼싸안았다.

                                    * * *

마루야마초의 러브호텔에서 돌아온 료는 공원 벤치에 앉아 캔

커피를 마셨다. 그때 눈앞 벤치에 낯익은 노인이 앉았다. 서로 "안녕하세요"라며 인사를 나눴다. 노인은 부인과 산책하던 중이다.

"오늘도 이르시구려."

"밤샘하고 돌아가는 길입니다. 오늘은 사모님과 같이 나오셨어요? 결혼하신 지 얼마나 되셨어요?"

"55년 되었네요. 이제 공기 같은 존재지요. 그쪽은 결혼하셨나?"

"아직요. 같이 사는 사람은 있습니다만."

료는 시선을 먼 곳으로 옮긴다.

"함께 있으면 마음이 진정되는 사람이에요. 저에게 무척 소중한 사람이죠. 할 수 있는 일은 뭐든 해주고 싶고, 줄곧 함께 있고 싶습니다. 헤어지고 싶지 않아요. 이대로 거짓말하는 건 옳지 않다고도 생각하고 있죠."

"그러면 결혼하면 될 것을요. 왜 하지 않소?"

노인의 질문에 료는 쓴웃음을 지을 수밖에 없었다.

* * *

잠들지 못한 채 아침을 맞았다. 아카리가 침대 위에서 커튼 틈으로 새어드는 빛을 보고 있을 때 현관문이 열리는 소리가 들리고 이쪽으로 걸어오는 료의 발소리가 들렸다.

"안녕."

마치 이제 막 잠에서 깬 것처럼 아카리는 눈을 떴다. 료는 손에 든 커다란 봉투에서 뭔가를 꺼내 아카리에게 보였다. 받아 보니 온천 여행 안내 책자다.

"이 부근이면 식사도 괜찮고 부부 둘이서 가기에 분위기도 좋대. 마음에 드는 곳을 골라 봐."

"고마워. 아침 먹을 시간 있어?"

아카리는 침대에서 일어났다.

"응. 먹고 옷 갈아입으면 학교로 돌아가야지."

"힘들겠다."

"곧 있으면 졸업전시회니까."

"아, 뭐 묻었다."

아카리가 료의 머리카락에 손을 뻗자 료가 순간 움찔하고 긴장하는 게 느껴졌다.

"톱밥이네."

"……수면실이 지저분해서."

안심한 료의 기척도 전해진다.

"그렇구나."

아카리는 미소 지으며 주방으로 향했다.

* * *

눈을 뜬 순간 격렬한 두통이 엄습했다. 여기가 어디지. 시선을 내리자 글래머 그림이 프린트된 티셔츠를 입고 낯선 침대에서 자고 있었다. 주위를 둘러보자 바벨, 만화 잡지, 빈 맥주 캔과 안주

들이 어지러이 널려 있다. 그리고 바닥에는 준노스케가 자고 있었다. 유카는 저도 모르게 "으악!" 하고 크게 소리를 질렀다.

"아, 안녕히 주무셨어요."

준노스케의 얼굴에는 매직펜으로 절취선이 낙서되어 있다.

"무슨 짓을 했어……?"

"아, 걱정 마세요. 아무 일도 없었어요. 유카 씨 혼자 알아서 갈아입고는 휙 곯아떨어지셨어요."

"거짓말하지 마."

"저보고는 자길 건드리면 이 절취선을 따라 얼굴을 쪼개겠다면서요. 아니, 진짜예요. 가족 모두가 증인이라고요."

"가족?"

준노스케와 함께 거실로 가자 중학생인 남동생 도모키, 초등학생인 여동생 가호, 그리고 아버지 하루히코가 아침 식사를 하고 있었다. 유카도 하루히코와 함께 고타쓰(탁상 안에 난방장치가 들어 있는 온열기구－옮긴이)에 들어가 아침을 얻어먹었다. 어머니는 어디 계신가 싶어 둘러봤는데 불단 위에 영정 사진이 놓여 있었다. 가호는 줄곧 유카를 노려보았다.

"……저기, 아드님께 손대지 않았으니 안심하세요!"

서먹한 분위기를 깨려고 소리쳤지만 쓸데없이 자리만 불편해졌다.

* * *

아침에 일어나니 유카는 돌아오지 않은 모양이었다. 미쓰오는 담담히 나갈 채비를 했다. 세면대 앞에서 머리를 빗고 빗을 내려놓는데, 빠진 머리카락이 끔찍할 정도로 엉켜 있었다. 거울에 가까이 대고 머리카락을 헤쳐봤다. 큼직한 구멍이 나 있었다.

'원형탈모증 병원 무슨 과?'

컴퓨터를 켜서 검색 키워드를 집어넣는데 손이 덜덜 떨린다. 손거울을 머리 위로 들어 올리고 정수리를 비출 때 유카가 "나 왔어"라며 살며시 거실로 들어왔다.

"뭐하는 거야?"

미쓰오는 유카의 목소리에 움찔한다.

"뭐야?"

"아무것도 아니야." 미쓰오는 몸을 부자연스럽게 돌리고 불안한 듯이 손가락을 움직였다.

"뭐냐고."

팔짱을 낀 미쓰오에게 심상치 않은 기운을 감지하고 유카는 뭔가 알아챈 듯했다.

"왜 이래? 기분 나쁘네. 응? 어디서 밤을 새고 이 아침에 돌아오셨나? 팔자 좋네."

미쓰오는 동요를 숨기면서 그렇게 말했지만 유카는 의자 위에서서 미쓰오를 위에서 내려다보려 했다.

"잠깐……!"

"아아!"

유카는 미쓰오의 정수리를 보고 소리쳤다.

"무례하잖아."

미쓰오는 유카를 노려보았다. 유카가 재빨리 지갑에서 동전을 꺼내면서 말한다.

"앉아 봐, 앉아 봐, 여기."

"뭐야."

"이건 아냐."

유카는 들고 있던 10엔 동전을 테이블에 내려놓았다.

"아아."

이번에는 500엔짜리 동전을 테이블에 내려놓는다. 목소리에 웃음이 섞였다.

"딱 500엔짜리네."

"그 정보가 지금 필요할까?"

* * *

위에서 사람이 내려다보는 상황만큼은 피하고 싶었다. 하지만 치과에서는 어쩔 수 없다. 여기서는 구멍 난 머리를 숨길 길이 없다고 깨달은 미쓰오는 포기한 표정으로 진료대에 앉았다.

"아, 이런 거 '믿거나 말거나' 같은 방송에서 본 적 있어요."

나나는 미쓰오를 내려다보면서 말했다.

"미스터리 서클 말이죠?"

미쓰오가 나나가 하려던 말을 맞혔다.

"치아보다 먼저 미스터리 서클을 치료하는 편이 좋지 않을까요."

"미스터리 서클이라고 그만 부르면 안 될까요?"

"무슨 고민거리라도 있으세요?"

"있는 정도가 아니죠. 자동차들이 돌진해오는 고속도로 한복판에 서 있는 느낌이에요."

"이혼 때문에요?"

"그 문제도 있습니다."

"짝사랑 상대 때문에요?"

"짝사랑이 아닙니다. 그 사람 결혼했는데…… 결혼하지 않았어요."

"네?"

"네?라고 할 만하죠. 본인 혼인신고서가 제출되지 않았다는 걸 몰라요. 가르쳐줘야 할까요, 내버려둬야 할까요."

"관여하지 않는 편이 좋지 않을까요. 그런데 아직은 500엔짜리보다 조금 큰 정도지만."

"조금 크다……?"

"그게 점점……."

나나가 손가락으로 그린 동그라미를 점점 넓혀가는 모습을 보고 미쓰오는 바들바들 떨었다.

* * *

료는 학생이 만든 가전제품 모형을 보면서 서류에 촌평 등을 적었다. 그 모습을 치히로가 책상 위에 앉아서 내려다본다.

"거기, 내 책상인데."

"저, 교수님 집 알아요."

료의 주의를 들으려 하지 않는 치히로에게 료는 "아, 그래"라고 대답했다.

"사모님 얼굴도 본 적 있고, 사모님이라고 할까 사모님 껍데기만 쓴 사람? 혼인신고서 제출하지 않았잖아요. 게맛살 같은 거죠. 자신이 게맛살인 걸 알면 그 사람 어떻게 생각하려나?"

료는 후우 하고 한숨을 쉬면서 고개를 들었다.

"……저기 말이야. 교수 책상에 앉으면 안 돼. 내려와."

무슨 말을 들을지 잠깐 긴장했던 치히로는 김빠진 듯이 순순히 따랐다.

"화났어요? 농담이에요. 괜찮아요. 저는 첫 번째는 부담스럽고 세컨드가 좋아요. 두 번째인 게……."

그때 책상 위 '료의 휴대전화가 울렸다.

"아, 첫 번째인가?"

치히로는 착신 화면을 보았다. 그곳에는 '미쓰나가 시오리'란 이름이 떴다. "어?" 하는 표정을 짓는 치히로의 머리를 툭 때리고 료는 휴대전화를 들고 복도로 나갔다.

* * *

미쓰오가 돌아오자 유카가 현관에서 구두를 고르고 있었다.
꼼꼼하게 화장해 멋을 부리고 굽이 높은 구두를 골라 신는다.

"갔다 올게." 유카는 나가다 말고 돌아보았다.

"아, 이번 쉬는 날에 할머니랑 고라쿠엔에 가니까 그때 이혼 얘
기 하려고 해."

유카는 자신의 정수리를 손가락으로 가리키며 "여기 조심해"
라면서 나갔다.

* * *

미쓰오가 저녁을 먹으려고 금붕어 카페에 가니 테이블석에 료
와 도모요가 있었다. 료는 만두를 빚고, 도모요가 "그래그래, 잘
하네"라며 칭찬한다.

미쓰오가 "혼자세요?"라고 료에게 물었다.

"네. 마사지 가게에 마지막 손님이 좀처럼 끝나지 않아서요."

"흐음……."

"하마사키 씨, 온천 좋아하세요?"

"왜 물으시죠?"

"이번에 가려고 하거든요."

"누구랑요?"

"아내랑요."

"아. 다른 여자랑 가는 줄 알았습니다."

비꼬듯이…… 아니 비꼬려고 한 말이지만 료는 평소랑 다름없

이 "아" 하고 대꾸했을 뿐이다.

"다른 여자분이랑은 갈 일이 없나요?"

"음식 맛있고 괜찮은 온천 모르세요?"

미쓰오가 아무런 대답도 하지 않자 료도 담담히 도로 만두를
빚었다.

"……왜 혼인신고서를 제출하지 않았습니까? 제출하지 않았
다는 이야기를 들었는데요. 아, 아내분에게 들은 건 아니지만 그
런 얘기를 듣게 돼서요."

미쓰오는 마음먹고 이야기를 꺼냈다.

"저랑 관계는 없지만요."

"아, 네."

두 사람 사이에 침묵이 흘렀다.

"아내분, 결혼했다고 믿고 있죠? 혼인신고서는 어떻게 했어
요?"

"아, 지금 가지고 있어요."

료는 만두피 가루가 묻은 손을 물수건으로 닦고 나서 가방에
서 혼인신고서를 꺼냈다. 날짜를 보니 2012년 11월 11일이다.

"……이런 걸 보여주시면 곤란한데요."

"죄송합니다."

"이런 게 아직 이렇게 있는 걸 보면 아내분이 얼마나 속상하겠
어요. 피눈물을 흘릴 거예요."

"네?"

"정말로 큰일이라고요."

"눈에서 피가 난 적이 있으세요?"

"이거 작년 11월이면 꽤 오래됐군요."

"1이 늘어서 있죠. 외우기 쉬우니까 이날로 하자고. 그런데 그
날 아내가 열이 났어요. 저 혼자서 구청에 가기로 했는데, 곰곰이
생각해보니 그날이 일요일이었죠."

"일요일에도 받습니다."

"그건 알았는데요, 휴일에는 어느 문으로 들어가야 하나 하며
어딘지 찾던 중에 아는 사람에게 전화가 왔어요. 개를 잃어버렸
다면서 같이 전단지를 붙여달라고 하더라고요."

"뭐요?"

"지금은 바쁘다고 거절했는데, 저도 어릴 적에 키운 맥스라는
개가 생각나더라고요. 맥스는 어떻게 되었을까, 온갖 생각이 떠
올랐어요. 그러다 스웨터를 맨살에 입은 것 같은 느낌이랄까. 그
런 느낌이 들어서 빨리 구청에 가야지 했지만, 결국 그 지인에게
전화를 걸어 함께 개를 찾겠다고 했어요."

"왜요? 구청에 가야 하잖습니까."

"안 될 일이지만, 그냥 열이 내리고 나서 같이 가면 될까 했어
요. 결국 개는 찾지 못했고요. 집으로 돌아가니 아내가 너무 기뻐
해서 말을 꺼낼 수가 없었어요. 음, 그래 다음에 해야겠다, 그랬
는데…… 제 설명 이해 가세요?"

"전혀 이해 가지 않습니다."

"사실 저도 잘 모르겠어요."

"아내분에게 미안하지 않으십니까? 남들 같으면 죄책감이 들 텐데요?"

"제가 남들 같지는 않은가 봐요."

"그럼 왜 혼인신고서를 썼습니까?"

"결혼하고 싶다고 해서요."

미쓰오는 "하아" 하고 한숨을 쉬었다. 무심히 테이블 위의 혼인 신고서에 손을 뻗어서 보고 있을 때 아카리가 가게로 들어왔다. 미쓰오는 허겁지겁 혼인신고서를 접어서 옆구리에 끼어 감추었다.

아카리와 료는 갓 찐 물만두를 먹었다. 미쓰오는 하는 수 없이 두 사람 맞은편에서 국수를 먹었다. 혼인신고서를 떨어뜨리지 않으려고 옆구리에 팔을 붙이고 있는 통에 먹기가 이루 말할 수 없이 불편했다.

"조금 전에 하마사키 씨에게 물어봤어."

료가 갑자기 아카리에게 이야기를 꺼냈다. 혼인신고서 건인가 싶어 미쓰오는 가슴이 철렁했다.

"온천 말이야."

한번 뜸을 들이고 료가 덧붙였다. 그 건 말인가, 하고 속으로 안도했다.

"온천 좋아하세요?"

아카리가 미쓰오에게 물었다.

"좋아하지 않습니다. 일부러 뜨거운 물에 몸을 덥히기 위해 멀

리까지 가야 한다니 우습죠. 아, 뜨뜻하다, 같은 소리나 하려고 말이죠. 처음부터 집에 있으면 애초에 몸이 얼 일이 없잖아요. 가고 싶은 분은 마음대로 가십시오. 저랑은 관계없으니까요."

떠드는 사이에 옆구리에 힘이 빠져 혼인신고서가 삐져나왔지만 아무 일도 아니라는 척 원래대로 돌려놓았다.

"……우에하라 씨."라고 부르자 아카리가 "네" 하고 대답하며 미쓰오를 본다.

"아뇨, 남편분요. 화장실 가고 싶지 않으십니까? 갑시다."

혼인신고서를 돌려주고 싶은데 료는 눈치가 없다.

"화장실 정도는 혼자 가렴."

하필이면 그때 도모요가 와서 잔소리한다.

"가긴 가는데 무슨 일이 일어나도 전 모릅니다."

미쓰오는 혼자 화장실에 가서 혼인신고서를 꺼내 바라보았다. 좋아, 눈 딱 감고 말하자. 마음을 굳히고 혼인신고서를 들고 나갔는데 아카리와 료가 가게를 나가려던 참이었다.

아카리는 "먼저 가 볼게요"라고 미소를 짓고는 고개를 숙이더니 료에게 딱 붙어 나가버렸다. 혼인신고서를 손에 든 채 미쓰오는 홀로 그 자리에 남겨졌다.

* * *

"역시 저녁은 가족이 다 같이 모여서 해야지."

유카는 준노스케와 똑같은 동물 슬리퍼를 신고 설거지를 했다. 사실은 둘이서 밖에 나가 먹을 예정이었지만 아버지가 늦게 돌아오신다고 해서 집에서 도모키와 가호랑 함께 먹었다.

"유카 씨는 혼자 사세요?"

"아니, 룸메이트가 있어. 빨리 다른 직장을 구해서 독립하고 싶어."

"결혼하고 싶은 마음은 없어요?"

유카의 손이 미끄러져 컵이 요란하게 떨어졌다.

"나는 빨리 하고 싶어요."

"그 나이에 신기하네."

"우리 집은 엄마가 일찍 돌아가셨잖아요. 여동생에게 엄마가 있는 느낌을 가르쳐주고 싶어서요."

"흐응." 유카는 준노스케의 옆얼굴을 바라보았다.

* * *

치히로는 시오리의 가게를 찾아냈다. 페이스북에서 '미쓰나가 시오리'로 검색해본 결과 프로필에 나카메구로로 헌옷가게에서 일한다고 되어 있었다. 찾아낸 가게로 들어가자 시오리로 보이는 여성이 있다. 적당히 옷을 고르자 시오리가 말을 걸었다.

"이런 옷은 어디에나 잘 어울리죠."

"그럼 한번 입어 볼까."

치히로는 일부러 시오리 옆을 지나 탈의실로 향한다. 그러자 시오리가 말을 건다.

"좋은 향이 나네요."

"아로마 좋아해요? 메구로 강 쪽에 최근에 아로마 마사지 가게가 생겼거든요. 아주 좋아요. 할인권 있으니까 줄게요. 강추예요."

치히로는 'Se Terang' 할인권을 시오리에게 내밀었다.

* * *

오늘 아침에도 베개 커버에 머리카락이 잔뜩 붙어 있었다. 미쓰오가 한숨을 쉬는데 스마트폰에서 메시지 알림음이 울렸다. 열어보니 유카가 보낸 메시지였다. 고라쿠엔 홀 앞에서 프로레슬링 포즈를 한 유카와 아이코 사진이 첨부되어 있었다.

'시합이 끝나면 이혼 얘기 알릴 거야!'

이모티콘을 섞은 문장을 보자, 속도 편하네 싶어 다시 한숨이 나온다.

그날 밤 미쓰오는 아이코의 집에 불려갔다. 긴장하면서 찾아가보니 전골 요리를 차려냈다.

"유카는 외식하자고 했지만 전골 재료가 있더라고. 오랜만이니까 너도 같이 먹으려고 불렀지."

아이코는 고타쓰에 앉아 부지런히 전골 재료를 넣었다. 미쓰오는 부엌에서 맥주와 잔을 들고 온 유카를 보았다. 유카는 아직 이야기하지 않았다고 눈으로 말한다. 미쓰오도 작게 고개를 끄덕였다. 유카와 아이코는 프로레슬링 이야기로 화기애애했다. 이야기는 도통 끝날 기미가 없다. 언제 본론으로 들어가나 초조해하며 미쓰오가 일어났다.

"잠깐만 나 좀 봐."

유카를 채근해 부엌으로 간다. 그리고 작은 목소리로 "언제 얘기할 거야"라고 물었다.

"지금 타이밍을 보고 있어."

"알았어. 되도록 분위기 좋을 때 말해."

전골을 다 먹고 미쓰오는 죽을 끓었다. 유카와 아이코는 텔레비전으로 프로레슬링을 보면서 여전히 시끄럽게 떠들고 있다. 미쓰오는 타이밍을 엿보며 유카를 팔꿈치로 찔렀지만 전혀 반응이 없다. 미쓰오는 불편한 마음을 가누지 못한 채 죽을 먹었다. 다 먹고 설거지를 시작했는데도 두 사람은 프로레슬링 잡지 스크랩한 걸 보고 있다. 참다못한 미쓰오가 괜히 헛기침을 했다.

"지금 화제를 바꿀 타이밍을 재고 있다구."

눈치챈 유카가 부엌으로 온다.

"프로레슬링에서 어떻게 이혼으로 화제를 바꾸겠다는 거야?"

미쓰오의 말에 유카는 고민에 빠진다.

"전일본프로레슬링협회가 분열했을 때 얘길……."

"분열과 연결 짓기에는 너무 거리감 있지 않아? 프로레슬링 같은 걸 보러 가니까 상황이 이 모양이지."

미쓰오가 어이없어하며 말했다.

"전제를 뒤집는 말이 어떻게 그리 뻔뻔하게 나오지?"

"아니 그렇잖아……!"

"나는 할머니 기분 풀어드리려고 해서……!"

유카는 저도 모르게 큰 소리가 나와서 깜짝 놀라 거실을 보니 아이코는 고타쓰에 엎드려 잠들어 있다.

"……다음에 해."

"이부자리 깔게."

"됐어, 내가 할게. 먼저 돌아가서 마틸다랑 핫사쿠 밥 챙겨 줘."

미쓰오는 침실에 요를 깔고 거실로 돌아가 아이코의 어깨를 두드렸다.

"할머니, 할머니. 방에서 주무세요. 이불 깔았어요."

"유카는?" 아이코는 그렇게 물으며 멍하니 눈을 떴다.

"먼저 돌아가라고 했어요."

"고라쿠엔 같이 가면 좋았을걸."

"그런 데 흥미 없어요."

"뭐든 좋아. 함께 갈 수 있는 기회가 이제 얼마나 더 있을지 모르잖니."

"……무슨 말씀이세요."

미쓰오는 목이 마르다는 아이코를 위해 물을 떠 와서 앞에 두었다.

"혼자 계실 때 고타쓰에서 주무시지 않죠?"

"고타쓰에 앉아 있으면 졸리기 마련이잖니."

아이코는 귤을 까더니 휴지를 깔고 미쓰오 앞에 두었다. 자신을 위해 껍질을 까준 듯싶어 미쓰오는 귤 한 조각을 입에 넣었다.

아이코는 또 다음 귤을 깠다.

"너도 우리 집에 오면 고타쓰에서 잠들었지."

"어릴 때잖아요."

"엄마한테 혼났다느니 누나한테 맞았다느니 하면서 말이지. 할머니, 할머니 하고 울면서 왔어."

아이코는 두 번째 귤도 내민다. 또 주시는 건가 생각하면서 미쓰오는 받아들었다.

"무거운 너를 업고 몇 번을 데리고 갔는지 몰라."

아이코가 고타쓰에 팔을 뻗더니 거기다 볼을 얹고 꾸벅꾸벅 졸기 시작한다.

"그러다 또 주무시겠어요."

"그렇지. 얘, 저거 가지고 돌아가렴."

갑자기 일어나려는 아이코를 미쓰오가 서둘러 부축했다. 아이코는 壽라고 적힌 상자를 들어서 미쓰오에게 건넸다.

"이마무라 씨네 손자가 결혼했어. 자."

기념사진을 보여 주었다. 아이코가 신랑신부 사이에 끼어 환한 미소를 짓고 있다.

"아리타 도자기라더라. 유카랑 쓰려무나."

아이코는 안쪽 침실로 가려다 사진을 들고 우두커니 서 있는 미쓰오를 보았다.

"왜 그러니?"

"이렇게 생판 남인 다른 사람 결혼식에서 기뻐하는 모습을 보니까……."

"즐거웠단다."

"우리는 식을 올리지 않았잖아요."

아이코가 미소 지으며 미쓰오를 쳐다본다.

"유카는 식을 올리고 싶다고 했어요. 그런데 내가 그딴 거 다 소용없다, 허례허식이다 하면서. 죄송해요, 할머니……."

스스로도 놀랐지만 가슴속에서 무언가가 치밀어 올랐다.

"빨리 돌아가렴. 유카가 걱정하겠어."

아이코가 등을 돌리고 침실로 향한다. 원래 작은 체구였지만 더욱 작아진 것처럼 보였다.

"할머니, 나랑 유카 말인데……."

미쓰오가 이야기를 꺼내려 했을 때, 아이코가 돌아보며 말했다.

"유카가 있어줘서 정말 다행이야. 이제 할미는 네가 울어도 업어줄 수 없잖니."

아이코는 침실로 들어가 문을 쾅 닫았다.

* * *

아카리는 료가 돌아오기를 기다리면서 온천 책자에 빨간펜으로 체크했다. 그때 가게 전용 전화가 울렸다.

"네, Se Terang입니다. 안녕하세요. 처음이세요? 네, 물론 쓸 수 있죠. 내일 6시 반 괜찮으세요? 성함이랑 연락처 부탁드립니다. 네. 미쓰나가 시오리 님."

아카리는 예약 노트 6시 반에 '미쓰나가 시오리'라고 기입했다.

* * *

다음 날 아침, 미쓰오가 겉옷을 입으려는데 주머니에 들어 있던 혼인신고서가 나왔다. 어떻게 해야 하나 난처해하며 보는데 "있잖아" 하고 유카가 나타났다. 미쓰오는 서둘러 혼인신고서를 뒤로 감추었다.

"자, 알로에. 으깨서 바르면 좋대."

유카가 알로에 화분을 내밀었다.

"……뭐?"

"뭐라니, 여기에 바르면 말이야……."

유카가 자신의 정수리를 가리킨다.

"그게 아니라 뭣 때문에."

"무슨 불만 있어?"

"아냐, 왜 이렇게 친절하게 나오나 해서."

"아니 그냥. 꽃집 앞을 지나다가 겸사겸사 샀어."

"……곤란하네."

"뭐가 곤란해."

"보답으로 뭘 어떻게 하면 좋은지……."

"고맙다고 말하면 되지. 보통 그러잖아."

유카는 어이없어하며 가 버렸다.

* * *

미쓰오가 출근하기 위해 다리를 건너 지나갈 때 반대편에서 료가 걸어왔다.

"그거 제가 가지고 있어요."

가까이 가서 작게 속삭이자 료는 "네? 아아. 그랬던가요"라며 힘 빠지는 대답을 했다.

"아, 다른 옷에요."

미쓰오는 나올 때 어제와 다른 겉옷을 걸친 것을 후회했다.

"그럼 괜찮다면 버려주세요. 전혀 상관없으니까요."

"제출하지 않을 작정입니까?"

"하고 싶어지면 다시 작성하겠습니다."

"그런 어중간한 마음가짐으로 되겠습니까. 아내분이 가엾지도 않으세요? 눈에서 피눈물이 난다고요."

미쓰오는 반사적으로 따지는 말투가 되었다.

"하마사키 씨는 이혼하셨죠?"

료는 여전히 태연하다.

"……이혼한 사람의 말은 설득력이 없다 이겁니까?"

"왜 결혼을 권유하는 걸까 해서요."

타당한 말이다. 료의 지적을 미쓰오는 반박할 수 없었다.

* * *

유카는 준노스케에게 불려나와 스파게티 전문점에 있었다.

"무슨 볼일이 있었던 거 아니야?"

"근처에 와서 들렀을 뿐이에요."

유카는 준노스케가 옆자리에 둔 리본 달린 상자를 보고 가슴이 철렁했다.

"아, 아니에요. 오늘 여동생 생일이라."

"내 선물이라고 생각하지도 않았어."

준노스케는 유카가 옆에 둔 구인잡지를 보고 화제를 바꾸었다.

"지금 하는 일은 왜 그만두려는 거예요?"

"……전 남편 가게니까."

유카의 대답에 준노스케는 "네?" 하고 눈을 동그랗게 떴다.

"한 번 했어. 그리고 최근에 이혼했고."

"그랬군요. 그럼 그거네요. 유카 씨는 앞으로 행복해지는 과정에 있는 거죠. 그렇잖아요. 결혼도 이혼도 둘 다 목적은 행복해지기 위해서 하는 거 아닌가요?"

일리가 있다. 유카는 이상하게 납득하고 말았다.

"나도 가호에게 선물을 줄까. 가호, 양배추롤 좋아해?"

"어, 양배추롤 만들 수 있어요?"

"내가 좋아하니까." 유카는 그렇게 말하며 웃었다.

* * *

집에 온 미쓰오는 슈퍼 봉지에서 양배추와 간 고기를 꺼내 공들여 양배추롤을 만들었다. 그때 철컹철컹 현관이 열리는 소리가 들렸다. 미쓰오는 서둘러 냄비 뚜껑을 닫았다.

"어서 와."

"다녀왔어."

유카는 테이블에 슈퍼 봉지를 내려놓고 침실로 들어갔다. 미쓰오가 슬쩍 보니 양배추와 간 고기가 들어 있다. '어?' 하고 생각하는데 유카가 슈퍼 봉지를 들고 현관으로 향한다.

"다녀올게."

"어, 잠깐만, 알로에 답례를…… 어디 가는 거야?"

"밥 해주기로 약속했어."

유카는 미쓰오의 얼굴을 한 번도 보려 하지 않고 빠르게 나가 버렸다.

* * *

"예약한 미쓰나가예요."

아카리는 찾아온 시오리를 안으로 들였다. 옷을 벗으라고 하고 매트에 똑바로 눕혔다.

"아, 이 향기 알아요."

마사지를 시작하고 얼마 안 돼 시오리가 말했다.

"라벤더 계열 블렌드예요."

"아는 남자가 써요. 아로마 향기가 나는 사람이거든요."

"남자분요? 신기하네요."

"일하는 곳에 아로마 가습기가 있대요. 갑자기 생각났어요."

시오리는 그 남자를 떠올렸는지 저도 모르게 얼굴이 웃고 있었다.

"애인?"

"애인인가. 몇 번 그런 분위기가 있었지만 아직 얼마 되지 않았어요. 너무 이러면 안 된다고 생각하지만 무심코 그 사람 생각만하게 돼요."

"한창 행복할 때네요."

"하지만 그 사람은 비밀이 꽤 많아요. 자기 얘길 별로 안 하는사람이고. 혹시 여자 친구가 있나 싶고."

"분명히 물어봐야죠."

"그렇겠죠······ 애인 있으세요?"

아카리는 "결혼했어요"라고 대답했다.

"와, 그렇구나. 사이좋으세요?"

"이번에 온천 여행을 갈 거예요."

"좋겠다. 나도 그 사람이랑 가고 싶다."

그때 파티션 너머로 문 열리는 소리가 들렸다. 료가 돌아온 모양이다.

"다녀왔어."

"어서 와."

대답하는 아카리에게 시오리는 "남편이에요?"라고 눈으로 물었다. 아카리는 미소 지으며 고개를 끄덕였다. 료가 방 안을 왔다갔다 하며 파티션 사이로 얼굴이 슬쩍슬쩍 비친다.

"잠깐만요."

아카리는 시오리에게 말하고 파티션 너머로 나갔다.

"뭐 찾아?"

"택배 오지 않았어?" 그렇게 묻는 료에게 아카리는 받아둔 택배를 건넸다. 료는 고맙다며 받아들고 안쪽 방으로 가려 했다.

"아, 료."

응? 아카리가 부른 이름에 반응해 시오리가 돌아보니 료의 얼굴이 보였다.

"거기 발 옆에."

아로마 마사지에 사용하는 물건을 발견한 료는 그것을 가볍게 피해서 방으로 들어갔다.

"죄송해요, 실례했습니다." 돌아온 아카리가 시술을 재개했다.

"굳었네요. 평소 서서 일을 많이 하시나 봐요."

다리를 마사지하면서 물었지만 시오리는 대답하지 않는다. '잠들었나?' 그렇게 생각하고 계속하는데 문득 보니 시오리는 어깨를 떨면서 손을 꼭 쥐고 있었다.

"죄송해요. 아프셨어요?"

아카리는 머리 쪽으로 돌아갔다. 시오리는 울고 있었다. 조용히 눈물을 떨구는 시오리를 본 아카리는 '아' 하고 파티션 너머로 시선을 옮겼다.

아마도 이 사람은…… 아카리는 어떤 확신 속에서 시오리의 몸을 마사지했다.

계산할 때도 시오리는 고개를 숙이고 있었다. 그 눈에 눈물이 고였다.

"감사합니다."

인사해도 시오리는 꿈쩍하지 않는다. 시선을 좇자 현관에 놓인 료의 구두가 보인다.

"저기요, 저는……."

"다시 멋진 사람을 만날 거예요."

아카리는 시오리의 말을 자르며 말했다. 그리고 료의 신발을 정리하고 시오리에게 미소를 지어 보였다.

* * *

"새로운 빵집이 생겨서 가봤는데 제빵사가 빵을 엄청 맛있게 구울 것 같은 외모인 거야."

시오리가 돌아가고 아카리는 바로 저녁을 차리고 료와 둘이서 식탁에 앉았다.

"맞아, 그런 얼굴 있어."

료는 아카리의 두서없는 이야기를 웃으면서 들었다.

"내일 아침 샌드위치를 만들 테니까 기대해. 스팸도 있고……."

아, 토마토가 떨어졌나, 하고 아카리가 일어났다. 냉장고 문에 온천 책자를 자석으로 고정해 두었다. 아카리는 냉장고 앞에서 갑자기 걸음을 멈추었다.

"왜? 난 토마토 없어도 괜찮은데?"

료가 묻는데 움직일 수가 없다.

"왜 그래?"

"온천 가지 말자."

"어, 왜?"

"그냥."

"어디 아파?"

"그냥, 가고 싶지 않다고!"

언성을 높이고 책자를 거칠게 떼어냈다. 쓰레기통 발판을 세게 밟아 접은 책자를 내던지더니 뚜껑이 쾅! 소리를 내며 닫힌다.

"미안. 신경 써서 준비해줬는데…… 가고 싶은 마음이 사라졌어."

료는 알았다며 순순히 고개를 끄덕인다. 응? 자신이 가고 싶지 않다고 했지만 료가 이유도 묻지 않고 납득하는 건 아카리로서도 뜻밖이었다.

* * *

미쓰오가 바닥 위를 기다시피 하며 빠진 머리카락을 줍고 있을 때 유카가 돌아왔다.

"♪맛―있는 돈돈 도시락 돈돈~~ 다녀왔어!"

양손에 짐을 잔뜩 들고 기분이 좋아 보인다.

"아, 그렇게 마시지 않았는데―. 배고프지 않아? 선물 있어."

아카리는 짐 속에서 밀폐용기 몇 개를 꺼내 열었다.

"치킨카레, 순한 맛이지만. 이거는 그라탕. 이게 뭐였지, 뭔지 잘 모르겠는 음식. 이거는 양배추롤. 먹을래? 데울까?"

미쓰오는 입을 꾹 다물고 있었지만 유카는 신경 쓰지 않고 봉지에서 테디베어 인형을 꺼냈다.

"이것 봐. 받았어. 왜 그래? 어디 아파?"

미쓰오의 얼굴을 들여다본다. 그래도 대답이 없다. 유카도 짜증이 밀려와 "이봐?" 하고 떨떠름한 목소리로 불렀다.

"테디베어의 테디 뜻 알아? 테디베어의 테디는 미국의 루즈벨트 대통령 닉네임에서 따온 거야."

미쓰오가 드디어 말문을 열었다.

"아, 그렇구나."

"루즈벨트 대통령의 취미는 곰 사냥이지. 다시 말해 그 곰은……."

"왜 그런 소리를 해? 그게 무슨 상관이라고."

유카는 테디베어에게 얘기한다.

"정말 안 먹을 거야?"

"나도 양배추롤 만들었어."

"어, 진짜? 왜? 그럼 둘이서 먹자."

"잔반은 사양합니다."

"잔반 아니야. 덜어놓은 거라구. 내가 만들었으니까 먹자."

"집에서는 안 하면서 다른 데서는 요리를 하나 보지?"

165

"······응?"

"어느 집 누구네서 밥을 먹든 나랑은 관계없지만······."

"어, 뭐야, 어느 집 누구와 어디서 먹었는지가 신경 쓰이는구나!"

"아뇨, 하나도 관심 없다고 말하는 거죠."

"관심 없다는 이야기를 굳이 한다는 건 관심이 있다는 뜻이잖아."

"왜 이야기를 복잡하게 만들까."

"나는 누구랑 밥 먹으면 안 돼?"

"안 된다고 말하지 않았습니다만."

"자유롭게 연애해도 된다고 둘이서 정했지."

"정했지."

"그럼 괜찮잖아."

"괜찮아."

"먹자."

"먹고 싶지 않습니다."

"뭐? 모르는 외간 남자를 위해 손수 만들다 남은 요리라고, 당신은 멋대로 생각하나 본데 별로 신경 쓰이지 않는다면 먹으면 되잖아."

"안 먹습니다. 나는 당신이 누군지도 모를 별 볼일 없는 남자를 위해 만든 이상한 조합의 요리 잔반이라고는 전혀 생각하지 않지만, 설령 그렇다 하더라도 딱히 관심도 없지만, 어쨌든 그냥 먹고 싶지 않은 상태입니다."

"응? 뭐? 먹고 싶지 않다면 입맛이 없다고 하면 될 일인데 별 볼일 없는 남자라느니 이상한 조합의 음식이라느니, 일일이 그쪽의 주관적이고 부정적인 의견을 찔끔찔끔 집어넣는 의미를 모르겠는데."

유카는 점점 짜증이 났다.

"아, 네, 의미를 모르시겠어요? 나는 아까부터 당신이 어디에서 무얼 하든 관계없다고 했는데 그렇게 자신에게 유리한 부분만 확대 해석해서 골라내고 따지고 하는 건 어떤 의미로는 오히려 당신이 나를 의식하고 있다고밖에……."

"시끄러워."

"시끄럽다니 말이 그게 뭐야. 시끄럽다는 말 하지 마."

"시끄러워. 생각해서 싸 왔다구. 국물이 새지 않도록 한 개 한 개 랩으로 싸서 왔다구."

"어쩌다 한 번 그래놓고 생색만 내지."

미쓰오도 마음은 그렇지 않은데 점점 더 비꼬는 말투가 된다.

"말하지 않으면 당연하다는 얼굴을 하니까. 내가 아무리 열심히 요리를 만들어도 고작 이거냐는 얼굴로 먹으면서 하나도 칭찬하지 않잖아."

"일일이 칭찬해야 하는 거 이상하지 않아?"

"바깥에서 먹으면 계산대에서 돈을 내지. 집에서 먹으면 맛있다고 말하는 게 돈이야. 말하지 않으면 무전취식이야. 나는 가정

부가 아냐, 이게 일이 아니라고. 남편이 기뻐할 거라 믿고 했어, 그랬다고."

미쓰오가 한숨을 내쉬며 "그럼 먹으면 되지?"라고 말했다.

"무슨 말을 그렇게 해!"

유카는 손에 있던 요리 밀폐용기를 미쓰오에게 던졌다. 양배추롤이 바닥에 나뒹군다.

"왜 꼭 그렇게 말해야 해? 뭐야, 사람이 모처럼 기분 좋게 돌아왔는데. 진짜 즐거운 마음으로 돌아왔는데."

"그거야 그쪽 사정……."

"내 사정이지, 네, 제 사정입니다. 하지만 아, 이렇게 즐겁기는 오랜만이구나, 이런 거 따스하구나, 이런 거 그 사람도 느끼면 좋겠다. 그 사람한테도 나눠주고 싶다고 생각했어. 내 마음대로 생각해버렸다구!"

유카의 말에 미쓰오는 은근히 놀랐다.

"나는 좀 더, 좀 더가 아니지. 당신은 바보 취급하지만 나는 그저, 나는 그저 평범한 가족이 되고 싶었을 뿐이야."

"평범한 가족이 뭔데……."

"제일 처음 떠오르는 사람이지. 제일 처음 떠오르는 사람들이 모인 게 가족이야."

유카는 걸레를 집더니 바닥에 널브러진 양배추롤을 주워 밀폐용기에 다시 담고는 바닥을 닦았다.

"어쨌든, 이해는 안 가지만 이 사람을 좋아해서 결혼한 거니까.

딱히 말한 적은 없지만 나는 남을 쉽게 좋아하는 편도 아니고, 그 무렵에는 줄곧 그런 기분이었어. 똑같이 파견직인 애랑 싸고 맛있는 식당을 찾거나 일 년에 한 번 외국 여행을 가거나 하는 그런 것밖에 머릿속에 없었어. 그러니까 하마사키 씨…… 당신 말인데, 하마사키 미쓰오 씨랑 지진 때 알게 되고 그런 분위기가 되어서."

유카는 바닥을 다 닦자 테이블을 닦고 선반을 정리하기 시작한다.

"처음에는 착각인가 싶었어. 불안하니까 함께 있는 걸까. 그런데 어라, 이상하네. 어째 요새 하마사키 미쓰오 씨가 자꾸 생각이 나네. 그런 생각을 했지. 제일 친한 친구랑 마실 때도 아무 일도 없는데 진정이 안 되기도 하고, 밥이 맛있게 돼서 혼자 먹는 게 아까워지기도 하고, 한밤중에 텔레비전을 보고 웃다가도 하마사키 미쓰오 씨 얼굴이 세트로 떠오르는 거야. 같이 있으면 더 좋겠다. 만나면 또 만나는 대로 멀어져 있을 때 떠올린 생각 같은 게 전부 따라다니니까. 와, 지금 나 너무 들떴는데, 기분 나쁠 정도로 종일 생각났어. 와, 틀림없어, 떠올리는 양이 장난 아니야, 나 사랑에 빠졌잖아. 누구를 좋아하는 느낌이 딱 이렇잖아."

유카는 갑자기 손을 멈추었다.

"하지만 좋아한다는 거랑 사랑은 다르니까 착각하면 안 된다고 자신을 타일렀어. 연애는 인생의 샛길이고 너무 벗어나면 안 된다고 타일렀어. 애초에 성격도 전혀 안 맞는 거 알고 있었고, 자질구레하게 열 받는 구석도 있었고, 절대 안 된다고 생각했지만, 하지만 이 사람 재미있는 사람이구나, 성실하구나, 거짓말은 안 하는 사람이구나. 점점 어느새 인생과 세트로 생각하게 되더라. 언젠가 머지않아 부부다워질 수 있을 거라고 믿었어."

유카는 미쓰오를 바라보며 쓸쓸히 웃었다.

"그러지 못했네?"

"그건 아직⋯⋯."

"아이라도 생기면 달라질까 했어. 그래서 당신한테 말했더니."

지금 막 정리한 서가의 책을 집어들고는 바닥에 내던진다.

"아이 따위 필요하지 않대."

유카는 잇따라 책을 바닥에 떨어뜨린다.

"알고 있었어. 이 사람은 혼자가 좋구나. 자기 자유를 방해받고 싶지 않구나. 흐응, 그래. 그럼 언제일까. 언제쯤이면 이 사람이 가족을 만들 마음이 생길까. 언제쯤이면 이 사람이 가족을 생각하는 사람이 될까."

미쓰오는 계속 책을 던지는 유카를 멍하니 바라보기만 했다.

"결혼해서 2년도 채 되지 않았어. 역시 줄곧 마음속에 있었어. 야마노테 선에서 사고가 있다는 뉴스를 보면 그이는 괜찮을까. 손님이 병으로 입원했다는 이야기를 들으면 종합검진 받아야 할 텐데 싶고. 고타쓰가 놓여 있으면 함께 들어가는 모습을 상상했고, 어린애를 보면 우리한테도 아이가 있으면 어땠을까 상상했어⋯⋯."

어느새 유카는 울고 있었다.

"지금도 똑같아. 지금도 즐거운 일이 있으면 하마사키 미쓰오 씨를 떠올려. 그러니까, 그러니까 아까 다른 집에 있을 때도……."

"알겠어. 다 알겠어."

미쓰오는 유카에게 다가갔다.

"뭘?"

유카는 미쓰오에게 등을 돌렸다.

"아이를 갖자. 정말 싫은 건 아니야. 말하다 보니 무심코 그런 소리를 했지만 지금부터도 늦지 않았고……."

"우리 이혼했어."

유카의 목소리는 차가웠다.

"다시 결혼하면 돼. 할머니도 기뻐하실 거야. 다시 결혼하고, 내키면 식도 올리자. 아이도 가지고 가족이 되자. 따뜻한 가족을……."

"바보 아냐?"

돌아본 유카는 표정이 없었다.

"그게 뭐야? 무슨 생각으로 하는 말이야?"

"무슨 생각이냐니……."

"아, 그런가. 영업할 때 그러는 것처럼? 따뜻한 커피 드릴까요, 하듯이 가족을 만듭시다?"

"뭐라는 거야, 나는……."

대체 어떻게 하고 싶은 건가. 미쓰오는 혼란스러웠다.

"나는 뭐? 그래, 당신은 무슨 생각으로 그런 소리를 한 거야? 다 당신 자신을 위한 거잖아."

"아냐, 유카가 말하니까……."

"유카가 말하니까, 라는 것도 다 당신 자신을 위한 거잖아!"

유카가 언성을 높였다.

"이제 그만 인정하지 그래? 나는 훨씬 전부터 알았어!"

대체 뭘? 미쓰오는 알지 못했다.

"당신은 날 좋아하지 않아! 당신은 당신 자신밖에 사랑하지 않아!"

유카는 남아 있던 서가의 책을 차례차례 내던졌다. 바닥에 굴러다니는 것도 다시 주워서 던졌다. 펜꽂이를 던지고, 잡지를 던지고, 리모컨을 던지고, 머그컵을 던지고, 미쓰오의 옷을 던졌다.

자신을 억누르지 못하고 물건을 내던지는 유카를 미쓰오는 멍청하게 바라보는 수밖에 없었다.

* * *

고개를 푹 숙인 미쓰오를 보고 유카는 한숨을 쉬었다. 기분을 진정시키고 스마트폰을 들고 현관으로 간다. 거실에 둔 겉옷을 깜빡했지만 돌아갈 마음은 들지 않았다. 대충 현관에 걸려 있던 겉옷을 들고 집을 나왔다.

메구로 강가를 걷는데 점점 추워졌다. 들고 온 겉옷을 입으려다 미쓰오 옷인 걸 깨달았다. 하지만 어쩔 수 없다. 겉옷을 입고 여자

친구네 신세를 지려고 전화번호부의 친구 이름을 훑으면서 걷다가 다리 위에 우두커니 서 있는 아카리를 발견했다. 무슨 일인가 의아해하고 있자, 아카리도 유카의 시선을 깨닫고 인사했다.

* * *

두 사람은 나란히 라면을 먹었다.

"이런 시간에 볼일이라도 있었어요?"

아카리가 유카에게 묻는다.

"응…… 친구네 집에 갈까 했는데요."

"아…… 저도."

두 사람은 서로 눈을 마주했다. 아카리도 무슨 일이 있는 걸까. 유카는 궁금했지만 별 말 않고 거짓 미소를 지으며 라면을 먹었다.

"저기요, 혹시 괜찮으시면 노래방이라도 갈까요."

제안한 사람은 아카리다.

"갈래, 갈래요!"

"아, 그럼 이거 다 먹으면."

어쩐지 두 사람은 들떠서 서둘러 라면을 입에 넣었다. 어느새 유카가 등받이에 걸었던 겉옷이 바닥에 떨어져 있었다. 아카리가 의자에서 내려가 주워준다.

아카리가 웃옷을 주우면서 무언가가 떨어졌다. 아카리가 몸을 굽혀 주워서 유카에게 건넸다. 유카가 별 생각 없이 종이를 펼치자…… 혼인신고서였다. 게다가 우에하라 료와 곤노 아카리의

173

이름이 적혀 있다. 응? 유카는 아카리를 보았다. 아카리도 망연 자실한 표정으로 말없이 혼인신고서를 바라보았다.

"이런 일이 실제로 있을 수 있을까요?"

유카는 평소처럼 단골 국수집에서 점원 오하라에게 떠들었다.

"이런 전말이라니, 대체 이게 뭐냐고요. 그저께였어요, 그저께. 남편이랑 싸우고. 남편이 아니지 전 남편, 아니 동거인이라 해야 하나. 하여간 내가 집을 나와 바깥을 걷고 있는데 이웃에 사는 부인이 나와 있더라고요. 둘이서 라면 먹으러 갔다가 어라, 혼인신고서가 불쑥. 그 부부 혼인신고서가 나왔다고요. 혼인신고서를 제출하지 않았던 거예요. 나도 모르게 '뭐야?' 싶었죠. 그 여자는 망연자실한 분위기였어요. 그걸 뭐라고 하지, 《미스트》(스티븐 킹 원작의 영화로 충격적인 결말로 유명하다 – 옮긴이)라는 영화 알아요? 그 여자, 그 영화를 다 보고 난 뒤 같은 얼굴인 거예요. 그래서 저는 일단 당장은 노래방밖에 없다고 생각했죠."

* * *

아카리는 목욕 가운을 걸치고 머리에는 수건을 두른 채 마사지 의자에 앉아 마미와 이야기했다. 이틀 전 밤 이야기는 사우나 안에서 줄곧 이어졌다.

"그 부인이 혼자서 노래를 불렀어. 좀 전에 라면을 먹었는데 또 야키소바를 먹으면서 줄기차게 노래를 부르더라고. 이해는 가지. 갑자기 혼인신고서가 나왔으니까. 당황스럽기도 하겠지. 나는 오히려 생각보다 침착했어…… 약간, 약간 말이지, 잘 이해가 가지 않는다고 해야 하나. 알다시피 그이…… 그이가 바깥에서 하는 일은 상상이 갔으니까, 뭐, 응. 상상은 했지만, 그건 말이지, 혼인신고서는 말이지…… 연장 요금을 내기도 그래서 이만 헤어지자고 가게를 나왔는데 그 가게 앞 골목에서 갑자기 모르는 남자가 말을 걸었어."

* * *

료는 공원 벤치에서 걷기 운동 중인 노인에게 이야기했다.

"편의점에 간다고 한 채 돌아오지 않아서 찾으러 나갔어요. 그랬더니 이웃의 하마사키 씨라는 사람이, 꽤 재미있는 사람인데요, 그분이 자기 아내가 저희 혼인신고서를 가지고 사라졌으니 함께 찾자는 겁니다. 찾아보니 역 근처 노래방 앞에서 아내랑 하마사키 씨 부인에게 대학생이 말을 걸고 있었어요. 아내는 저랑 눈을 맞추려 하지 않고. 하마사키 씨도 부인을 데리고 돌아가려고 했지만 부인은 싫다고 하고. 그 댁 부인이 대학생이랑 가려고 해서 하마사키 씨가 이봐 기다려, 라면서 제법 멋지게 쫓아갔는데요……."

* * *

"언 땅바닥에 미끄러져서 자기 혼자 자빠졌어요."
그때 광경을 떠올리고 유카는 풉 하고 웃음을 터뜨렸다.
아카리가 서둘러 부른 구급차에 미쓰오는 실려갔다.

* * *

"갈비뼈 세 개가 부러졌습니다. 상대방은 유도부 같은 분위기의 대학생들인 데다가 여러 명, 정말 여러 명이었어요."
"페이스북에는 여덟 명이라고."
"그렇죠, 여덟 명쯤 됐죠. 여러 명이었어요."
미쓰오는 병문안을 온 나나에게 무용담을 떠들었다.
"남자들이 말 건 사람은 이혼한 사모님이죠?"
"그렇죠. 딱히 저로서는 상대가 연애할 때 무슨 짓을 하든 상관없거든요."
"자유이니까요."
"그럼요. 하지만 그저께 그건 틀렸어요. 길거리에서 말을 걸었으니까요."

"길거리에서 만나면 안 되나요?"

"길거리 만남은 불행의 시작입니다. 대개 흉측한 놈들이에요."

"길에서 꼬시는 남자가요?"

"그런 사람들은요, 연결되어 있어요."

"어디에 연결되어 있어요?"

"유부녀 성인 비디오 같은 거랑요."

"네?"

"길거리 만남에서 출연까지 세 단계쯤 됩니다. 막지 않으면 돌이킬 수 없는 곳까지 갔을 겁니다."

나나는 화제를 바꾸었다.

"왜 전 부인이랑 싸우셨어요?"

나나의 질문에 미쓰오는 원인이 된 말다툼을 떠올렸다.

"……뭐, 당신은 나 따위 좋아하지 않는다느니 하는 얘기를 하다가."

"어머, 그럼 아내분은 아직 하마사키 씨를 좋아하시는 거 아니에요?"

"어, 그렇지는 않을 텐데요……."

그때 유카가 들어왔다.

"안녕하세요. 네. 안녕하세요. 신세 지고 있습니다."

유카는 같은 방 입원환자들에게 생글생글 인사하면서 온다. 그러더니 나나를 보고는 표정이 확 달라졌다. 유카는 나나가 사온 푸딩을 우걱우걱 먹는다.

"이거 그거죠? 요새 인기 있다는 두부푸딩."

먹으면서 유카가 나나에게 물었다.

"일반 푸딩이에요."

나나는 무뚝뚝하게 대답했다.

"일반 푸딩이 맛있어."

나나를 배려해 미쓰오가 말했다.

"퇴원 수속했어."

유카가 입안 가득 푸딩을 물고 말했다.

"뭐? 아직 뇌 검사가 남았잖아."

"의사가 문제없대."

"의사 따위 신용할 수 없어!"

미쓰오의 커다란 목소리에 주위 환자들이 놀라서 돌아보았다.

"야마자키 도요코의 《하얀 거탑》이란 책을 읽어 봐. 사사키라는 사람이 의사 오진으로 죽는다고. 병원 서점에 가서, 아, 병원 서점에는 없으려나……."

미쓰오의 이야기에 주위 사람들이 놀란다. 머쓱해진 유카가 미쓰오를 툭 치자 미쓰오는 가슴을 누르며 고통을 호소했다.

"알았으니까, 얼른 옷 갈아입고 정리해."

유카는 미쓰오의 엄살을 무시하고 매몰차게 말했다.

"그럼 저는 이만." 나나는 미쓰오와 유카에게 고개를 숙였다.

"아, 신경 쓰지 마요. 저는 이쪽 할머니가 부탁하셔서 왔을 뿐이고, 정산 마치면 돌아갈 거예요."

유카가 예의상 나나를 붙잡는다.

"저도 어떠신지 보러 왔을 뿐이에요."

"어떠신지? 보러 왔다? 호오." 이죽거리는 유카를 보고 미쓰오는 "뭐야, 그 표정은?"라며 어이없는 얼굴로 말했다.

"몸조리 잘하세요."

그렇게 말하고 돌아가는 나나에게 유카는 "잘 가요"라며 손을 흔들었다.

"춥지도 않나?"

유카는 나나의 미니스커트 아래 드러난 맨 다리를 보며 말했다. 그런 유카의 모습에 미쓰오의 말문이 절로 열렸다.

"어라, 지금 야유?."

"아니요, 야유 따위 하지 않았는데요."

유카가 미쓰오가 누운 침대를 찼다. 진동이 미쓰오의 부러진 갈비뼈에 전해진다.

"아프다고!"

"어떻게 넘어진 정도로 그렇게 돼, 한심하게."

"뭔가 액운 같은 거에 빠진 것 같아."

"액운?"

유카가 되풀이한다.

"허리를 삐끗하고 손가락을 접질렸고. 나쁜 일이 전부 이혼한 뒤에 일어났어."

"뭐야, 결국 다 내 잘못이라는 거야?"

유카가 못마땅한 목소리로 대꾸한다.

"누구 때문에 이렇게 됐는데?"

"본인이 멋대로 넘어지셨는데요."

"나는 당신이 귀찮은 일에 휘말릴까 봐……."

"아니지, 내가 인기가 많은 걸 당신이 멋대로 질투했을 뿐이지."

"찾으러 갔었어."

"부탁하지 않았어."

순간 갑자기 목소리를 낮추고 유카가 "그보다 그거 뭐야?"라고 묻는다. 미쓰오는 "뭐냐니"라고 작은 목소리로 되물었다.

"우에하라 씨네 혼인신고서."

"아, 역시 봤어?"

"봤어. 우이하라 씨네 부인도 봤어."

"아, 그래……."

"그거 신고하지 않았다는 뜻이지?"

미쓰오가 고개를 끄덕이면서 유카에게 물었다.

"아카리 씨는 뭐래? 울었어?"

"울지는 않았고, 텅 빈 사람 같았어."

"텅 비었다."

"잘은 모르겠네. 난 그때 노래 부르고 있었거든."

"응? 왜 노래방에 갔어? 응? 무슨 노래를 불렀어?"

"응? 늘 부르는 COMPLEX(호테이 도모야스와 깃카와 고지가 결성한 유닛)의 노래."

"뭐? 텅 비어 버린 사람이 옆에 있는데 모창을 하고 있었다고? 회식이 아니잖아."

"그럼 어떻게 해? 왜 내 탓이야? 혼인신고서를 제출하지 않은 것도 넘어진 것도 다 내 탓이야?"

미쓰오의 비난하는 말투로 조금 전 말다툼을 떠올린 유카가 앙칼지게 대꾸했다.

"문제가 생길까 봐 그런 거잖아."

"인기가 있었을 뿐이야."

"나는 찾으러 간 거야."

"부탁 안 했거든. 내 마음은 말했지? 이 관계는 이제 불가능해."

유카는 "이 관계"라며 자신과 미쓰오 사이를 가리킨다.

"나도……."

미쓰오는 무슨 말을 하려다가 중간에 입을 다물었다.

"응?"

유카의 재촉에 말을 잇는다.

"……알아. 일단 나도 반성하고 있다고."

미쓰오는 입이 떨어지지 않는다는 듯이 딴청을 부리면서 중얼중얼 말했다.

"택시비 있어? 나가서 바로 오른쪽에서 잡을 수 있어."

"응."

"그럼 갈게." 일어나서 등을 돌린 채 유카가 말했다.

"다음 사람에게는 그 반성이 도움이 되면 좋겠네."

그 뒷모습을 지켜보고 나서 미쓰오가 유카가 앉아 있던 의자를 문득 보니 옆에 종이가방이 있다. 갈비뼈의 통증을 꾹 참으면서 손을 뻗어 들어서 안을 보니 두부푸딩 두 개가 들어 있었다.

* * *

미쓰오는 퇴원하자마자 바로 금붕어 카페에 갔다.

"아, 맛있어 보이잖아."

종이가방 안의 두부푸딩을 발견한 도모요에게 "아니, 그거, 안 돼……"라고 미쓰오가 손을 뻗자 갈비뼈가 울려 통증이 덮쳤다. 그때 불쑥 료가 들어왔다.

"안녕, 료. 먹을래?"

도모요는 료에게 두부푸딩을 건넨다. "아니, 잠깐만 그거……." 말릴 새도 없이 두 사람은 뚜껑을 열고 먹기 시작했다.

"……저기 말이야, 나는 지금 막 퇴원했거든? 약 먹어야 하니까 물 좀 줄래?"

도모요는 옆에 있던 컵을 미쓰오에게 내밀었다.

"이거 손님 테이블에 나갔던 물이지?"

"진짜 성가신 남자네."

도모요는 미쓰오를 노려보고 주방으로 갔다.

"그 뒤에 아내분이랑 이야기했습니까?"

미쓰오는 작은 목소리로 료에게 물었다.

"온천 얘기 말인가요?"

"아뇨. 혼인신고서 얘기요."

"아, 아뇨, 안 했는데요"

"안 했다고요? 그거 제 아내가 건네줬나 봐요. 아내분은 틀림 없이 다 알고 있다고요."

"그래요?"

료는 태연했다.

"어, 정말로 아무 말도 안 했습니까?"

"네."

"어, 별 문제 없다는 뜻일까요?"

"문제없지는 않을 텐데요."

"이제 포기한 걸까요."

"……"

"이제 모든 게 허무한 상태인 거 아닙니까?"

미쓰오의 말에 료는 생각에 잠긴 모습이다.

"……곤란하군요."

"자업자득 아닙니까. 바람피운 데다 혼인신고서도 제출하지 않으니까."

"네."

"남 일처럼 '네'가 아니잖아요."

"남 일은 아닙니다."

"우에하라 씨, 당신……"

"아카리를 좋아합니다."

"……저한테 말해봐야 소용없어요."

"죄송합니다."

"아뇨, 바람피우면 절대 안 된다는 소리는 안 할게요. 남자라면 다들 그런 마음 어딘가에 있겠죠. 저도 할 수 있다면 바람피우고 싶어요!"

우렁차게 선언했을 때 아이코가 들어왔다.

"할머니……" 아이코는 미쓰오가 부르는데도 눈길도 안 주고 먼저 료에게 "어서 와요"라고 말했다.

"바람피우고 싶니?"

그러고 나서 미쓰오에게 생긋 웃었다. 미쓰오는 고개를 가로로 휘휘 저었다.

아이코는 아타미(시즈오카 현에 위치한 온천과 관광으로 유명한 도시)의 여관 이름과 어느 가게의 이름을 적고, 미쓰오에게 건넸다.

"온천에 다녀오렴. 여기 온천물이 골절에 좋아."

"싫어요."

미쓰오는 내키지 않았다.

"돌아오는 길에 이 가게에 들러서 온천만주를 사 오렴."

"인터넷으로 살 수 있잖아요."

그때 료가 대화에 끼어들었다.

"저희도 온천 가자는 얘기를 하던 중이에요."

"아, 그럼 여기 온천만주 사다 주시겠어요?"

마침 잘되었다는 듯이 미쓰오가 말했다.

"그러지 말고 함께 다녀와."

아이코는 말도 안 되는 제안을 했다.

"아뇨, 그렇게 함께 온천에 갈 정도로 가족끼리 친한 사이도 아니라서."

"같은 탕에 다 같이 들어가라고 하는 것도 아니잖니."

"알아요. 하지만 왜 함께 가야 하냐고요."

"하마사키 씨랑 같이 가는 편이 재미있으니까요."

어째서인지 료는 함께 가고 싶은 모양이다.

"저랑 함께 있으면 재미있을 리가 없어요. 아, 이용하려는 겁니까."

"이용?"

둘의 대화를 지켜보던 아이코가 말했다.

"잔말 말고 다녀와. 가끔 온천이라도 데려가지 않으면 유카가 이혼장을 내밀 거야."

* * *

집으로 돌아온 미쓰오는 가슴에 보호대를 두르면서 우에하라 부부와 온천에 가자는 얘기가 나왔다고 유카에게 말했다.

"글쎄, 어떻게 할까."

유카는 구인잡지를 뒤적이면서 캔맥주를 마셨다.

"우에하라 씨랑 친해졌어?"

"몰라…… 윽, 아야야."

"아프다고 생각하니까 아픈 거야. 통증이랑 친구가 되면 돼."

"통증이랑 친구……."

유카의 말을 반추하고 있는데 "자, 만세해"라면서 유카가 보호대를 들었다. 둘러줄 건가 보다.

"어차피 그거잖아. 둘이서 가면 혼인신고서 이야기가 나올 수도 있으니까."

"살살, 제발 살살 좀 해."

미쓰오는 보호대가 신경 쓰여서 이야기는 듣는 둥 마는 둥이다.

"남자는 그렇게 금방 얼버무리려 든다니까……."

유카는 그렇게 말하면서 저도 모르게 힘을 주고 말았다.

"아야 아야얏 아야, 안 돼 지금 그거 엄청 아파."

미쓰오가 비명을 질러도 유카는 "시끄러워"라며 일축해버린다.

"그럼 온천에 가지 않으면 되잖아. 부인은 가고 싶지 않다고 하니까."

"뭘 모르는군. 가고 싶지 않다는 건 가고 싶지 않다는 게 아니야."

"어, 그게 뭔 소리야?"

미쓰오는 통 이해할 수가 없었다.

"가고 싶지 않다는 건 가고 싶다는 뜻이라구."

"뭐? 뭐야 그게 여자만의 언어야?"

"우에하라 씨 댁 남편은 결혼에 주저할 뿐이지 부인은 좋아하잖아?"

"그렇다고 하던데."

"그럼 얼른 사과하고 결혼하면 돼."

"……."

"뭐야? 안 했으면 좋겠어? 어, 예전 애인이라서……?"

"그런 거 아냐."

조금은 그럴지도 모르지만. 미쓰오는 속으로 은밀히 생각했다.

"자, 이제 됐지?"

보호대 두르고 유카가 말했다.

"응. 고마워."

"와아, 솔직하네. 처음부터 쭉 갈비뼈가 부러진 채로 지냈으면 결혼 생활을 잘했을지도 모르겠네."

유카는 그렇게 말하고 다시 구인잡지를 읽는다.

"나도 곧 직장 찾으면 여기 나갈 거야. 괜찮을지도 모르겠네. 신혼여행도 안 갔고, 마지막으로 아타미에 가서 게를 먹는 것도. 이혼여행이네."

미쓰오는 웃어야 할지 말아야 할지 알 수 없었지만 아무튼 쓴웃음을 지었다.

* * *

매너모드인 휴대전화가 전화가 왔다며 진동했다. 료는 전화기를 방치한 채 컴퓨터 앞에 앉아 일했다. 파티션 너머에서 통화하던 아카리가 돌아온다.

"하치노헤에 사는 동생이 다음에 가족끼리 디즈니랜드에 가는데 잠깐 들른대."

"그래."

"토요일에 이케아 안 갈래?"

"아……."

"혹시 쉬는 날이면 말이야."

"저녁에 하마사키 씨랑 만났는데 주말에 온천에 간대. 같이 가지 않겠냐고 하던데."

"으음."

"같이 가자."

료의 말에 아카리는 미소 지으면서 고개를 갸웃했다.

"쓰레기 내놓고 올게. 아침에 내놓으면 가득 차서 들어가지 않아."

"내가……." 료가 일어섰을 때 휴대전화 진동이 또 울렸다. 잠깐 머뭇거리는 사이에 아카리가 쓰레기봉지를 들고 나가버렸다.

* * *

아카리가 양손에 쓰레기봉지를 들고 나가자 길 건너에 휴대전화를 손에 든 여자애가 있었다. 치히로다. 무심히 바라보니 갑자기 치히로가 돌아봐서 서로의 눈빛이 오갔다. 그러다 갑자기 치히로가 획 돌아서서는 뛰기 시작했다. 그 바람에 모자가 떨어져서 아카리는 길을 건너 모자를 주우러 갔다. 역시나 모자를 주우러 돌아온 치히로와 정면에서 마주하는 꼴이 되었다.

아카리는 양손의 쓰레기봉지를 일단 내려놓고 모자를 줍고는 미소 지으며 내밀었다. 치히로가 받아들기에 아카리는 쓰레기봉지를 들고 돌아가려 했다.

"불쌍해."

치히로는 아카리 뒤에서 그런 말을 툭 내뱉고는 달려갔다.

료가 부엌에서 차를 타는데 아카리가 돌아왔다.

"어느 온천이야?"

아카리가 느닷없이 묻는다. 료가 놀라서 돌아보자 아카리의 표정이 어딘가 절박했다.

"아, 아타미래."

"그래, 흐음. 처음 가보네."

아카리가 살며시 미소를 지어서 료도 안심하고 웃었다.

"있지, 이거 볼래?"

아카리는 방 안쪽으로 가서 선반 서랍을 열어 낡은 쿠키통 하나를 꺼냈다.

"하치노헤 고향 집을 나올 때 들고 온 거야."

안에는 집에서 가져온 듯한 오래된 잡지와 사진이 들어 있었다. 아카리는 사진 한 장을 꺼내 료에게 내밀었다. 몹시 오래돼서

색 바랜 사진이다. 한껏 치장했으나 긴장해서 굳은 표정을 지은 남녀가 온천 여관 앞에 서 있다.

"아빠랑 엄마."

"아카리네 부모님?"

"응, 신혼여행으로 도와다호 온천에 갔을 때래. 엄마 아빠 둘 다 긴장했지."

"두 분 다 주먹을 쥐고 있어."

"아직 스무 살쯤이야. 맞선으로 결혼해서."

"흐음. 좋네, 왠지 좋다."

"응. 정말 사이가 좋으셨어…… 내 보물이야."

아카리는 생긋 웃었다.

* * *

주말에 네 사람은 아타미 온천에 갔다. 여관에 도착해 바로 공중 욕탕에 들어가자 료는 넓은 욕조에서 아이처럼 헤엄쳤다.

"하마사키 씨도 수영하세요."

"여러 군데가 아파서 무리입니다."

"탕 안이면 안 아프지 않을까요?"

"근거 없는 소리를 하시는군요. 바람이 불어도 아파요. 선풍기 약풍에도, 그 약한 바람에도 아프다고요."

온천에 와서도 미쓰오의 염세적인 발언이 이어진다.

"기분 좋아요."

미쓰오의 상태 따위 신경 쓰지 않고 료는 천진하게 즐겼다.

"우에하라 씨는 자유인이라는 소리 듣지 않으십니까?"

미쓰오가 묻는다.

"어, 들은 적 없는데요."

"하기야 자유인은 남의 이야기를 듣지 않으니까요. 저는 양팔 양다리가 칭칭 묶여 있습니다."

"이혼하셨잖아요."

"이혼했다고 자유로워진다고 생각하면 대단한 착각이에요. 결혼 생활의 수렁은 대개 보이는 범위지만 이혼 생활의 수렁은 바닥이 보이지 않죠. 얼마나 깊은지 알 수 없습니다."

"절망적이잖아요."

"절망적입니다. 절망인입니다."

"절망인입니까."

"저는 지금 깨달았습니다. 지금 저에게 필요한 것은 온천이 아니라 푸닥거리예요. 어디 좋은 신사 없나."

미쓰오가 "괴롭다. 온천도 괴로워"라며 투덜거리자 "저기 하마사키 씨" 하고 류가 말했다.

"저는 전혀 자유롭지 않아요."

"네?"

료는 먼 곳을 응시했다. 여태껏 보인 적 없는 쓸쓸한 옆모습이다.

"시시한 놈이에요. 이런 인간이 되고 싶은 마음 전혀 없었습니다."

"……?"

"하지만 이런 거겠죠."

"뭐가요?"

미쓰오가 묻자 료는 갑자기 탕 안에 얼굴을 집어넣었다. 그러고는 고개를 들 기색이 없다.

"우에하라 씨? 우에하라 씨?"

허둥지둥 달려가자 물보라와 함께 료가 고개를 들었다.

"기분 좋다!"

그렇게 말하며 웃는 료는 아무리 봐도 자유인이다…… 미쓰오는 생각했다.

유카와 아카리도 온천에 몸을 담갔다. 아카리가 유카에게 말했다.

"하마사키 씨는."

"하마사키 씨라고 하지 마세요. 이제 솔로로 데뷔했으니까."

유카가 "호시노"라고 자신의 옛 성을 가르쳐주었다.

"호시노 씨는 지금도 하마사키 씨를 좋아하세요?"

"네?"

"아, 그렇게 깊은 뜻은 없어요. 좋아하고 싫어하고는 결혼이랑은 별개잖아요. 그래서 이혼도 좋고 싫고와는 별개인가 해서요."

"아……."

새삼스러운 질문에 유카는 일순간 가슴이 철렁했다.

"죄송해요. 그런 느낌이 들었어요."

"……아뇨, 아니에요. 절대 아니에요."

곧바로 부정하고 화제를 아카리에게로 돌렸다.

"그러는 우에하라 씨는. 아, 우에하라 씨가 아닌가."

"네?"

"아니, 오늘 네 사람을 다들 가족 단위라고 하지만 실제로 전원 독신이니까요."

유카는 웃었지만 아카리는 미묘한 표정이었다.

"미안해요. 어쩔 거예요?"

"어쩔 거냐뇨."

"대화하고 혼인신고서 제대로 제출해야 하지 않아요?"

유카의 말에 아카리는 고개를 갸웃했다.

"아뇨, 아니 그냥 됐다 싶어서."

"됐다 싶어요?"

"이대로도요. 좋아하니까 그거면 됐죠."

"뭐요?"

"네?"

"당연히 안 되죠."

"하지만……."

"하지만은 무슨 하지만이에요. 거짓말했잖아요?"

"거짓말이라고 할까요. 그런 구석이 있어요. 그 사람은 매사에 아무래도 좋다고 생각한다고 할까."

"진심으로 하는 말씀이세요?"

"그이에게 악의는 없어요. 죄송합니다."

"저한테 사과할 필요 없고, 그래서 행복하다면야 상관은 없는데요. 행복하세요?"

미소 짓는 아카리가 유카로서는 안타까울 따름이었다.

* * *

유카가 복도 벤치에 앉아 캔 맥주를 마시는데 미쓰오와 료가 공중 욕탕에서 나왔다.

"남자보다 더 빨리 마치는 편이에요. 특이하죠?"

미쓰오가 유카를 보고는 쓴웃음을 지으며 말했다. 료는 "그럼 이따 뵙죠"라며 방으로 돌아가려 했다.

"아내분, 행복하대요."

유카가 일부러 료보고 들으란 듯이 큰 소리로 말하자 료는 "네?" 하고 멈춰 섰다.

"좋아하니까 이대로도 행복하대요. 곤노 아카리 씨."

"……무슨 말을 하는 거야."

미쓰오가 나무라듯이 유카를 째려본다.

"내가 뭘."

유카는 고개를 휙 돌리고 다시 캔 맥주를 마셨다.

"죄송합니다." 사과하는 미쓰오에게 인사하고 료는 방으로 돌아갔다.

* * *

아카리가 이불 위에서 다리에 보습크림을 바르고 있을 때 료가 들어왔다.

"아까 직원분이 오셨었어. 저녁은 7시에 먹어도 되지? 식당에서……."

아카리가 그렇게 말하는데 옆 이불에 료가 앉는다. 료를 보니 무릎 꿇고 앉아서 고개를 숙였다.

"무슨 일이야?"

"미안합니다."

"뭐야."

아카리가 잠자코 있자 료는 몇 번이나 미안하다고 되풀이했다.

"알았어." 아카리가 대답하자 료는 고개를 들고 아카리를 바라보았다.

"전에 건 벌써 기간이 지났을 거라 돌아가면 다시 한번 그거 작성해줄 수 있을까. 다시 한번, 이번에는 함께 메구로 구청에 가자."

료는 진지한 표정으로 아카리를 바라보았다. 아카리의 가슴에 갖가지 생각이 치밀어 올랐다. 아카리는 이불을 들춰 머리부터 뒤집어썼다. 그리고 작게 한마디만 속삭였다.

"응? 뭐라고? 어느 쪽이야?"

아카리의 목소리를 제대로 듣지 못한 료가 불안한 듯이 묻는다. 그러자 아카리는 이불을 조금 들춰 얼굴을 내밀고 "응" 하고 대답했다. 그 순간 료의 얼굴에 웃음꽃이 활짝 핀다. 부끄러워진 아카리가 다시 이불로 들어가자 료가 위에서 덮쳤다.

"꺄악!"

아카리가 비명을 지르고 이불에서 나와 료의 몸 위에 올라탔다. 아래에서 버둥거리는 료의 모습이 눈물로 흐려졌다.

* * *

넓은 객실에서 저녁을 먹으면서 미쓰오는 료와 아카리에게 혼인신고서를 제출하겠다는 보고를 받았다.

"오, 아아, 그래요, 흐음."

미쓰오는 저도 모르게 경직된 얼굴로 억지웃음을 지었다.

"그 표정은 뭐야. 복잡한 얼굴이네."

유카가 게를 먹으면서 말한다.

"날 때부터 이런 분위기의 얼굴이었습니다만."

"돌아가면 메구로 구청에 가려고 하는데, 저기, 그……."

"보증인." 아카리가 말을 받았다.

"두 분이 서주실 수 있을까요."

료의 말에 미쓰오와 유카는 얼굴을 마주 보았다.

"아니, 우리는 이혼했고."

재수 없을 거라고 거절하려 했지만 료는 괜찮다고 한다.

"사모님이 싫으실 텐데요."

유카가 아카리에게 말했지만 아카리도 괜찮다고 한다.

"왜 저흽니까. 대단한 친분이 있는 것도 아니고."

미쓰오는 료에게 물었다.

"집이 가까우니까."

"그게 이유입니까."

"저희라도 괜찮다면 상관없지만……."

그렇게 말하면서도 유카는 아직 망설이는 눈치였다.

"이런 계기로 다시 합칠 수도 있지 않을까요."

아카리의 말에 유카는 곧바로 "그럴 일 없어요"라고 부정했다.

"……없습니다."

뒤늦게 미쓰오도 동의했다.

아카리가 료에게 일본주를 따르려는데 병에는 더 이상 술이 들어 있지 않았다. 일어나려는 아카리를 제지하고 료가 "주문하고 올게"라며 나간다.

유카가 "잘됐네요"라고 말하자 아카리는 쑥스러워하며 미소 지었다.

"……용서할 수 있습니까?"

미쓰오의 말에 아카리의 표정이 갑자기 어두워졌다.

"쓸데없는 소리 하지 마."

유카가 미쓰오를 쏘아보았다.

"용서하고 말고 저 사람을 의심한 적 없어요."

아카리는 웃는 얼굴로 돌아왔다.

그때 료가 술병을 들고 돌아와 아카리의 잔에 술을 따른다. 아카리는 행복해 보였다.

* * *

온천에서 돌아온 이튿날, 료와 아카리는 지체 없이 혼인신고
서를 제출하러 가기로 했다. 7시에 일을 마치고 돌아오면 가자고
아카리와 약속하고 료는 집을 나섰다.

대학 구내에서 도장(塗裝) 작업에 쓰는 가스봄베를 데굴데굴
굴리고 있는데 치히로가 다가왔다. 한참 나란히 걷다가 료는 치
히로에게 헤어지고 싶다는 이야기를 꺼냈다.

"전 뭐 어찌 되든 상관은 없긴 해요. 어차피 졸업하면 교수님이
랑은 좀 그렇기도 했고."

"이거 정리하고 나서 잠깐 얘기 좀 할까."

"됐어요. 그렇게 확실히 말하지 않아도 돼요. 원래 제가 먼저
꼬셨던 거고 그런 의미로 나쁜 감정은 없어요."

"미안."

"왜 사과해요? 갖고 논 것 같아서요?"

료는 마침 계단에 접어드는 부근에 이르러 멈춰 서서 고개를
가로저었다.

"참고 삼아 하나 물어봐도 돼요? 절 어떻게 생각했어요? 몸을
원했다거나 안으면 좋았다거나."

"그런 거 아냐."

"그럼 또 만나도 되지 않아요?"

그 제안에 료는 고개를 저었다.

"왜죠?"

"헤어지고 싶지 않은 사람이 있어."

"……흐응. 네. 알겠어요. 안녕."

치히로는 가다가 말고 걸음을 멈추고 돌아왔다. 그러더니 가스봄베를 있는 힘껏 발로 찼다. 가스봄베가 긴 계단을 따라 굴러떨어진다. 료는 허둥지둥 좇아갔다. 굴러떨어진 가스봄베는 벽에 부딪혀 멈추었다. 별일이 없어 안도의 한숨을 쉰다. 몸을 돌려 계단 위를 올려다보니 치히로의 모습은 이미 보이지 않았다. 그때 휴대전화가 울렸다.

* * *

료는 카페에서 아키와 마주 앉았다.

"료, 평범한 남편이 될 수 있겠어?"

담배를 피우면서 묻는 아키에게 료는 쑥스러운 듯이 고개를 끄덕였다.

"자신의 그런 모습이 상상이 가? 가정이란 울타리에 들어앉은 본인이. 료는 그런 거 시시한 인생이라고 생각하지 않았어?"

"나는……."

"무리야. 여태껏 한 여자랑 가장 오래 사귄 게 몇 년이야? 몇 달인가? 료는 그런 사람인걸."

"그런 사람이라니……."

마음의 동요를 간파당하지 않으려고 료는 피식 웃었다.

"료는 스쳐 지나가는 사람이야. 아무런 감정도 없이 그저 사람 앞을 능숙하게 지나치지."

아키의 말에 료는 얼굴을 찡그렸다.

"네가 버리고 간 사람은 별로 상처 입지 않아. 서글프지만 슬
프지 않고, 나름대로 즐거운 추억도 남아. 하지만 그저 뭔가를 포
기하는 거야. 너랑 사귄 여자는 아마 다들 그렇게 뭔가를 포기했
겠지. 료를 원망하지는 않을 거야. 다들 알고 있었으니까. 료라는
사람은 절대로 행복해질 수 없다는 걸."

아키는 어렴풋이 미소 지으면서 블랙커피를 마신다. 한동안
침묵을 지키던 료는 조용히 고개를 저었다.

"이번에는 그렇게 되지 않을 거야. 그렇게 될 수 없어. 아카리
랑은 잘 될 거야. 나는 이번에야말로 바뀔 테니까……."

그러자 그때까지 냉정을 유지하던 아키가 느닷없이 료에게 커
피를 부었다.

"앗 뜨거……."

아직 뜨거운 커피가 료의 셔츠 가슴 부분을 적시며 김이 피어
오른다. 료가 고개를 들자 아키가 노려보고 있었다. 료는 뜨거움
을 참으면서 의연하게 똑같이 바라보았다.

* * *

유카가 술집에 들어가니 이미 와 있던 준노스케가 추하이(일본
소주에 탄산수를 섞은 술-옮긴이)가 든 잔을 들었다. 유카는 점원
에게 우롱차를 주문하고 자리에 앉는다.

"어라, 안 마셔요?"

"오늘 아는 사람한테 중요한 일이 좀 있어."

유카는 그렇게 대답하고 먹을 걸 주문하고 나서 미쓰오 갈비뼈가 부러진 이야기를 시작했다.

"기껏 뼈 두세 개 갖고 아프다, 아프다 난리야. 남자 주제에 참지, 좀."

"그러게요."

준노스케는 내키지 않는 표정으로 유카의 이야기를 들었다.

점점 흥분한 유카는 미쓰오의 다른 이야기를 꺼내들었다.

"전에 뭐였더라, 그래, 제빵기. 결혼 축하선물로 그걸 받았어. 나는 와, 이제부터는 아침마다 갓 구운 빵을 먹자, 라며 좋아했지. 그런데 그게 한밤중에 밀가루를 반죽해둬야 해. 그걸 아침이면 굽는 건데, 그 남자가 뭐라고 했는지 알아?"

준노스케는 잘 모르겠다는 표정을 지었다.

"시끄러워 죽겠다, 밤중에 부엌에서 웅 하는 소리가 들려서 시끄러워서 잘 수가 없다, 라는 거야. 웅 소리도 요만한 소리라구. 그러면서 낮에 구우라는 거야. 낮에 구우면 아침에 갓 구운 빵을 먹을 수가 없잖아! 진짜 열 받아. 아, 그 자식 이야기를 했더니 목마르다. 한 모금만 마실게."

추하이를 뺏어 먹으려고 손을 뻗었지만 준노스케는 잔을 놓지 않는다.

"뭐야? 좀 줘."

"뭡니까? 유카 씨, 여기 와서 줄곧 남편 험담만 했어요."

"그랬나."

"그런 이야기 듣고 싶지 않습니다."

"어, 안 돼?"

"다른 남자 이야기 따위 듣고 싶지 않아요."

"왜……?"

물으니 준노스케는 지금까지 본 적 없는 진지한 눈빛으로 유카를 바라보았다. 어, 그건……. 유카는 시선을 피하며 "여기요, 자스민하이 하나 주세요!" 하고 점원을 불렀다.

* * *

미쓰오는 금붕어 카페 카운터에 앉아 물만두를 빚었다. 손님이 들어와서 돌아보니 나나였다. 나나 또래의 로커처럼 보이는 멋쟁이 청년과 함께다. 미쓰오는 안쪽 자리로 안내받은 나나가 신경 쓰여 물만두 빚기에 집중하지 못했다. 그때 남자가 일어나 화장실에 갔다. 나나는 그 틈에 다가와 모른 척하는 미쓰오의 팔을 잡았다.

"아르바이트하세요?"

"여기 조모의 가게예요."

"조모? 아, 할머니. 와. 저 처음 왔어요. 일행이 데려왔어요."

"그렇군요."

미쓰오는 나나와 눈을 맞추지 않고 데면데면하게 말했다. 그런 미쓰오의 얼굴을 나나가 들여다본다.

"뭡니까."

"하마사키 씨, 오늘 인상이 나쁘네요."

"네? 평소랑 똑같은데요."

"평소에 인상이 나쁜 거랑은 다른 종류의 기분 나쁨이에요."

그때 화장실에서 돌아온 청년이 테이블로 돌아갔다.

"돌아가야 하지 않습니까."

"돌아갈 거예요."

"데이트 중이군요."

"하마사키 씨, 혹시 제가 남자랑 함께여서 기분 나쁘게 대하는
건가요?"

어떻게 이런 한가운데 직구를…. 미쓰오는 쩔쩔맸다.

"혹시 그런 거면 기뻐요. 이 뒤에 밥 먹으러 갈까 했는데 바로
거절하고 올게요. 그러면 평소 정도의 인상 나쁜 하마사키 씨로
돌아오시나요?"

"……저는 이 뒤에 약속이 있어서."

"그러세요?"

나나는 실망한 기색이 역력했다.

"저 같은 사람이랑 밥을 먹어봐야 하나도 즐겁지 않습니다."

"하마사키 씨, 저는 하마사키 씨의 성격이 보편적이라고 생각
하지 않아요. 평범한 즐거움과는 다르지만 즐거워요."

"내일이나 모레나 글피라면……."

"모레가 좋아요."

"네."

"그럼 일단 약속해놔서, 저 애랑은 밥만 먹을게요."

미소 짓고 돌아가는 나나를 지켜보면서 미쓰오의 심장은 쿵쾅거렸다.

* * *

아카리의 여동생 미노리가 저녁에 아카리와 료의 집으로 왔다.

"엄마도 오는 줄 알았어."

아카리는 허브티를 타서 미노리 앞에 내놓는다.

"엄마한테 애를 맡겼거든."

"그랬구나."

"좋다. 이런 근사한 동네에서 살고."

"일 때문이지, 뭐."

"형부도 미남이지. 우리 남편은 요새 배가 나왔어. 집에서 프라모델만 만든다니까."

미노리는 집을 둘러보다가 세워둔 아카리와 료의 사진을 집었다. 아타미 온천여관에서 찍은 사진이다.

"성실하고 좋은 사람이잖아."

아카리가 사진을 보는 미노리를 향해 말한다.

"아, 이런 사진이 있었네……."

미노리는 옆에 다른 사진 한 장을 발견했다. 젊은 시절 부모님이 온천여관에서 찍은 사진이다.

"엄마 아빠 신혼여행 사진이야."

"흐음…… 이런 시절도 있었구나."

미노리가 짓는 비꼬는 듯한 미소를 보고 아카리의 표정이 조금 어두워졌다.

"행복해 보이지."

"엄마는 지금도 가끔 말해. 언니는 아빠파였다고."

"누구파가 어디 있니."

"언니는 엄마한테 냉정했어."

"그렇지 않아……."

"언니는 알았잖아. 보고도 못 본 척했지만 알고 있었지. 아빠가 바깥에 여자가 많았던 거."

미노리의 말에 아카리의 마음에 동요가 일었다.

"지금도 멀쩡히 있는 스낵바의 게이코 씨며 어협에 있던 여자, 그리고 누구였지. 셀 수도 없었어. 아빠가 손댄 여자가 여기저기에……."

"그런 거 별로……."

"나 말이야, 아직 어려서 잘 몰랐지만 엄마가 늘 울었던 이유, 아빠 바람 때문이었지?"

"이런 얘기 그만하자."

"언니는 기본적으로 못된 남자를 좋아해."

"……."

"그런 성가신 여자의 전형이야."

"잠깐만."

아카리의 목소리에 자기도 모르게 분노가 묻어나왔다.

"우리 남편보고 성실하다고 했지만, 그거 칭찬 아니잖아. 언닌 그런 남자 싫어하니까."

"그런 거 아냐."

"언니, 자기가 엄마랑 닮은 거 인정하기 싫어서 엄마 얘기 싫어하지."

"……."

"핏줄이 그런 걸." 미노리가 웃었다. 그리고 "아, 벌써 7시네"라며 코트와 선물 봉지를 들고 일어났다.

"뭐야, 하고 싶은 말만 하고……."

"도쿄에서, 이런 근사한 집에서 괜찮은 여자인 척 도쿄 말씨로 떠드니까 짜증이 나는데 어떡하겠어."

* * *

미노리가 돌아간 뒤에 아카리는 담담히 저녁을 차렸다. 정신을 차리니 요리용 젓가락이 짝짝이다. 젓가락을 내려놓고 거실로 돌아왔다. 테이블 위의 부모님 사진을 들더니 선반 서랍을 열고 신경질적으로 내던지고는 쾅 닫았다. 부엌으로 돌아가 요리를 다시 시작했지만 제짝이 아닌 젓가락 한 짝이 싱크대와 선반 틈으로 떨어졌다.

"아, 진짜."

바닥에 기다시피 해서 좁은 틈으로 손을 집어넣는다. 하지만 닿지 않는다. 왜 이런 일이…… 짜증이 치밀며 선반을 두드릴 때 현관문이 열렸다.

"다녀왔어."

료의 목소리에 아카리는 정신을 차리고 고개를 들었다.

* * *

미쓰오가 콧노래를 부르면서 분재를 손질하고 있을 때 유카도 콧노래를 부르면서 고양이들 먹이를 주었다.

"기분 좋아 보이네."

그런 유카의 말도 지금의 미쓰오는 선뜻 받아넘긴다.

"아니 딱히. 그러는 그쪽이야말로."

"아니 딱히."

유카도 여유로운 표정으로 대답한다.

"아, 그래."

"아, 그래."

"음, 요새 인기가 있다고 할까."

미쓰오가 말했다.

"아, 우연이네요." 유카도 대답했다.

"아, 인기가 있습니까."

"뭐, 그럭저럭."

미쓰오는 쓴웃음을 지었다. 유카도 똑같은 표정이다.

"우에하라 씨는 몇 시쯤 가려나?"

유카는 시계를 올려다보았다.

"곧 가겠지."

미쓰오도 따라서 시계를 본다.

"있지, 축의금은 어떻게 해?"

"아, 그렇구나."

"그렇게 친한 사이도 아닌걸."

"응. 아, 아니 앞으로 친해질지도 몰라. 그러면 몇 년 뒤에 함께 캠핑 같은 데 갔을 때 그때 축의금으로 기껏 오천 엔밖에 내지 않았다는 소리를 들을 수도 있어. 난감하겠지."

"그럼 만 엔?"

"그럴까. 아니 하지만 만 엔이나 내면 이 사람들 친해지려고 작정을 했다며 이상하게 생각하지 않을까? 그렇게 캠핑에 가고 싶은 거냐고 생각하면……."

끝도 없이 고민하는 미쓰오를 보고 유카가 질려서 고개를 절레절레 저으며 바라보았다.

* * *

"썼어."

새로 받아 온 혼인신고서에 이름을 쓴 료가 아카리에게 말한다.

"응."

침실에서 료의 겉옷에 묻은 먼지를 테이프클리너로 문지르던

아카리는 겉옷과 셔츠를 함께 화장실로 가지고 가려다 문득 처음

보는 셔츠란 걸 깨달았다.

"새 셔츠 샀어?"

"응……. 인감 있어?"

"응." 아카리는 대답하고 인감을 꺼내서 료 앞에 앉았다. 료는

혼인신고서를 아카리에게 내밀고 여기라고 가리킨다.

"알아. 두 번째니까."

아카리는 료에게 펜을 받아들고 혼인신고서를 빤히 보았다.

"료는 글씨는 예쁘니까. 옆에 쓰려면 부담이 돼."

그렇게 말하면서도 이름을 적는다. 하지만 곤노라고 쓰고는

펜이 멈추었다.

"차를 끓여놓고 그냥 왔네……."

"내가 가져올게."

일어나려는 아카리의 어깨에 료가 손을 얹어 제지했다.

"하마사키 씨가 기다리니까."

"그렇지. 응, 미안."

아카리는 다시 앉아서 펜을 쥐었다. 심호흡하고 쓴다. 이름을

적고 주소를 적고 인감을 잡고 고개를 들었다. 료가 티포트를 들

고 컵에 차를 따른다. 시선을 느낀 료가 "응?" 하는 표정으로 아

카리를 본다.

여기. 아카리는 자신의 가슴을 가리켰다. 료는 자신의 가슴에

시선을 떨어뜨린다. 그리고 빨갛게 부은 피부를 보더니 슬쩍 웃

고 셔츠 단추를 잠갔다. 료는 "인감" 하고 아카리를 채근했다. 하지만 아카리는 료의 가슴에서 눈을 떼지 않았다.

"어쩌다 그랬어?"

아카리는 료의 가슴에서 시선을 떼지 못한 채 말했다.

"별일……."

"화상 아니야?"

"별일 아니야."

"어쩌다 뎄어?"

"나중에. 하마사키 씨가 기다리잖아."

아카리는 고개를 숙이고 꿈쩍하지 않았다.

"……아카리."

료의 부름을 거절하듯이 고개를 내젓는다. 료는 각오를 굳힌 듯 자세를 바로잡아 앉았다.

"커피를 부었어."

"누가? 왜?"

아카리는 고개를 홱 들었다. 하지만 료는 입을 열지 않았다.

"료…… 가르쳐줘."

료는 대답 대신 손을 뻗어 아카리의 손에 자신의 손을 포갰다.

"아카리랑 결혼하고 싶어. 앞으로는 아카리랑 줄곧 함께 있고 싶어."

아카리가 잠자코 있자 료는 손을 살며시 잡았다. 그러고는 천천히 이야기를 꺼냈다.

"가끔 만나던 여자가 있었어. 그 사람한테 헤어지자고 했더니 커피를 뿌렸어."

아카리는 가만히 료를 쳐다보았다.

"하지만 이제 그걸로 끝이야. 나는 바뀔 거고, 바뀌었고, 그런 일은 더는……."

순간 아카리가 료의 말을 가로막더니 있는 힘껏 료의 뺨을 때렸다. 스스로도 놀랄 정도로 충동적으로 팔을 힘껏 휘둘렀다.

"……미안."

아카리는 혼인신고서를 붙잡고 구기려고 했다. 료가 깜짝 놀라 그 손을 잡고 빼앗으려 한다. 둘 다 필사적이다. 하지만 역시 료의 힘이 더 세다. 아카리의 손가락을 풀고 혼인신고서를 빼앗았다. 그러자 아카리는 료에게 덤벼들었다. 료는 아카리의 손을 밀어내고 안 된다고 고개를 저었다. 아카리는 료를 노려보았다.

"결혼하자."

료의 말에 대답하지 않고 아카리는 계속 노려보았다.

"결혼하자. 결혼해서 행복하게……."

"이제 틀렸어."

아카리는 눈물이 그렁그렁한 채 입술을 깨물고는 억지로 쥐어짜내듯 중얼거린다. 고향인 아오모리 사투리다.

"이제 틀렸어."

고개를 내젓자 볼에 눈물이 뚝뚝 떨어진다.

"……미안."

"아냐. 아냐. 내 잘못이야."

"아카리는 아무것도……."

"싫어. 싫어."

아카리는 연거푸 고개를 가로저었다.

"이건 내가 아니야. 난 이런 사람이 아니야. 료가 아는 나는 다른 사람이야. 당신이 생각하는 거랑 다르다고."

아카리가 하는 말의 뜻을 이해할 수 없다. 료는 의아한 표정을 지었다.

"료, 내가 전혀 눈치채지 못했다고 생각했어? 아무것도 모르고 잔다고 생각했어? 이런 말, 들은 적 없어? 남자가 바깥에서 다른 여자를 안는 동안 여자는 깨어 있다고. 쓰레기통의 영수증을 확인하고 핸드폰의 메시지를 훔쳐보고 빨랫감 냄새를 맡지. 여자는 아무것도 묻지 않아. 향수 냄새가 나는 남자에게 이웃에 사는 부인 이야기를 하지. 양말 뒤에 머리카락이 붙은 남자에게 아이의 학교 이야기를 하지. 남자가 싫어하는 건 알아. 하지만 여자는 그만둘 수 없어. 그런 여자가 되기 싫었어. 그래서 나는 줄곧 참았어. 보지 않으려고 했어. 하지만 아니야. 사실은 나도 똑같아. 사실은 줄곧, 사실은 줄곧 당신이 바깥에서 다른 여자를 안는 동안, 다른 여자의 다리를 벌리는 당신을 떠올리고, 여자 손이 당신의 허리를 두르는 모습을 상상하고, 분해서 원망했어. 저주했어. 부탁이니까, 제발 이제 용서해달라고 울었어. 엄마처럼."

어…… 료는 그저 멍하니 아카리를 보았다.

"내가 3학년 때였어. 엄마가 날 데리고, 싫다고 마다하는 내 손을 잡아끌고 아빠를 만나러 갔어. 아빠는 모르는 여자 무릎 위에서 자고 있었어. 돌아오는 길에 엄마는 나를 끌어안고 눈물을 흘리면서 배신당했다느니 속았다느니 하면서 울었어. 그 남자는 요새 나한테 손도 대지 않는다느니, 내 결혼은 실패했다 불행하다, 그렇게 말하며 울었어. 나는 그걸 들으면서 기분이 나빴어. 우는 엄마가 꼴사나운 사람이라고 생각했어. 싫었어. 아빠는 조금도 싫어지지 않았어. 우는 엄마가 싫었어. 그러니까 나도 당신을 미워하는 대신에 자신을 미워하게 된 거야. 진짜 나는 엄마랑 똑같은 인간이니까. 엄마처럼 질투심 많고 감정적이고. 남편을 미워하고 추궁하면서 추하게 우는 거야. 이 사람은 다른 여자를 안았다. 당신 얼굴을 볼 때마다 그런 생각을 하며 당신을 용서해. 곁에 있으면서 원망하고 같은 집에 살면서 미워하며 살아가지. 나는 그 여자랑 똑같은 여자야. 끔찍한 여자가 될 거야. 그럴 거야. 그렇게 될 거야."

아카리는 흐르는 눈물을 닦으려고도 하지 않고 료를 빤히 바라보았다. 자신이 무시무시한 형상인 건 알고 있었다. 하지만 흐느끼는 모습을 료에게 그대로 내보이며 계속 노려보았다.

"그러니까 돌려줘."

혼인신고서를 내놓으라고 손을 뻗었다. 하지만 료는 고개를 저었다.

"돌려줘."

더욱 몰아붙이는 아카리를 향해 료는 계속해서 고개를 젓는다. 그런 료의 눈에서 눈물 한 방울이 흐른다.

"왜 당신이 울어?"

대답하지 않는 료에게 아카리는 더욱 다그쳤다.

"왜 당신이 우는 거야?"

"…… 아카리."

"건드리지 마!"

아카리는 손을 뻗은 료를 격렬하게 거부했다. 움찔하고 움직임을 멈춘 료의 손에서 혼인신고서를 빼앗아 둘로 찢었다. 슬픈 표정을 짓는 료에게 보란 듯이 눈물을 흘리면서 다시 박박 찢어 바닥에 뿌렸다.

돌아서서 나가는 료를 보면서 아카리는 계속 눈물을 흘렸다.

료는 메구로 강가를 걸었다. 겉옷 주머니에 손을 넣자 아까 돌아오는 길에 산 결혼반지 두 개가 들어 있었다. 걸음을 멈추고 손 안의 반지를 가만히 바라보았다. 발길을 돌려 연립 근처까지 돌아갔다. 창문에서 불빛이 새어나온다. 돌아가자. 걸음을 떼려 한 순간, 휴대전화가 울렸다. 착신화면을 보니…… 아키다. 버튼을 누르고 잠자코 있자 "화상 입지 않았어?"라고 묻는 아키의 목소리가 들렸다.

"지금 만나지 않을래?"

꽉 쥔 휴대전화에서 희미하게 소리가 새어 나온다. 료는 한동

217

안 침묵을 지켰다. 그리고 휴대전화를 귀에 댔다.

료가 "지금 어디야?"라고 물으며 다시 발길을 돌려 걷다가 손 안에 쥐고 있던 반지를 강에 내다버렸다.

최고의 이혼

료가 얼굴을 들자 눈앞에 아키가 있었다. 아무래도 식당 테이블에 엎드려서 잠든 모양이었다.

"잘 잤어?"

"아…… 아, 잠들었네."

"많이 피곤한 모양이네. 우리 집으로 갈래?"

아키의 제안에 료는 조용히 고개를 내저었다. 아키는 "그래" 하며 작게 한숨을 쉬었다.

"화났어? 화났겠지."

"화 안 났어."

료는 할 일이 없어서 보던 메뉴판을 내려놓고 뭔가를 생각하며 쓴웃음을 지었다.

"무슨 생각을 했길래 웃어?"

"지금, 그러니까 조금 전에 꿈을 꿨어."

"꿈? 늘 꾸는 그거? 홋카이도 행 침대열차를 타는 그 꿈?"

"그래."

"실제로 타본 적 있어?"

"고등학생 때. 같은 학교 여자애랑 둘이서. 이맘 때였어."

"스키장이라도 가려던 거야?"

"사랑의 도피였지."

료의 말에 아키는 "뭐?"라는 표정을 지었다.

"방과 후 수업이 끝나자마자 곧바로 우에노 역으로 가서 가방
이랑 교복은 역 화장실 쓰레기통에 버리고, 가방에 칫솔과 갈아
입을 옷과 워크맨이랑 알바해서 모은 돈만 챙겼지. 출발시간이 4
시 20분이었나. 침대열차를 타고 도쿄에는 다시 돌아오지 않을
작정이었어."

"진짜?"

"아무도 우리를 모르는 홋카이도의 마을에서 둘이서 살려고
했어. 나는 열일곱 살이고 여자애는 열여섯 살이었지만, 열심히
일해서 꼭 행복하게 해주겠다고 결심했어."

아키가 무슨 말을 하려던 차에 직원이 커피를 가져왔다. 료는
한 모금 마시고 다시 이야기했다.

"그래서 시오미랑, 그 애 이름이 시오미 가오루였는데, 반장이
고 학교에서 공부를 제일 잘하는 애였어."

"응."

"아마도 시오미는…… 누구든 상관없었겠지. 상대가 내가 아니더라도."

료는 창문에 비친 자신의 모습을 묵묵히 바라보았다.

* * *

갑자기 가슴이 찢어질 것 같은 기침이 터졌다. 미쓰오는 콜록콜록 기침하며 눈을 떴다. 옷을 입은 채 소파에서 잠들어버린 모양이다. 가슴이 아프다. 오한도 든다. 어쩌다 여기서 잠들었더라?

"으, 추워. 결국 우에하라 씨한테 전화 안 왔어?"

그렇게 말하면서 침실에서 유카가 나왔다. 맞다. 료와 아카리의 연락을 기다리다 잠들어버렸다. 미쓰오는 곁에 둔 스마트폰을 들었다. 착신 이력은 없다.

"나, 여기서 잤어."

"응. 전화 오면 깨우겠다고 해서 나는 먼저 잤지."

"이런 차림에 이렇게 추운 방에서."

미쓰오는 격한 기침을 토하며 다시 찢어질 것 같은 가슴을 붙들었다.

"감기 걸린 거 아냐?"

유카는 얼굴을 찡그리며 말하더니 미쓰오에게서 도망치듯이 떨어진다.

"아파. 울려, 엄청 울려, 부러진 곳에 울려."

미쓰오는 가슴을 누르며 기침했다.

"그런 곳에서 자니까 그렇지."

"생강…… 생강!"

부엌 냉장고로 직행해 생강을 꺼내더니 대충 갈아서 생강즙을 냈다.

* * *

감기에 걸려도 회사를 쉴 수는 없는 노릇. 두툼하게 껴입고 집을 나와 메구로 강가를 걷는데 전방에서 아카리가 달려왔다. 아, 하고 생각했으나 아카리는 조깅하며 그대로 스쳐 지나간다. 미쓰오는 서둘러 아카리의 등에 말을 걸었다.

"……저기요!"

"……아, 하마사키 씨."

아카리는 그 자리에서 제자리 뛰기를 했다.

"저, 그거, 어떻게 됐어요?"

미쓰오는 기침하면서 물었다.

"네? 아, 어제는 죄송해요."

아카리는 매우 시원스레 말했다.

"아, 아뇨, 전혀."

"감기 걸리셨어요?"

"어떻게 하셨습니까?"

"네?"

"혼인…… 아직 신고하지 않았습니까?"

기침하면서 띄엄띄엄 묻자 아카리는 고개를 숙이고 "실례할게요"라며 달려가버렸다. 미쓰오는 뒤따라가지도 못하고 그 자리에서 몸을 반으로 접고 기침했다.

미쓰오가 마스크를 낀 모습으로 기침하면서 기술자인 시마무라와 자판기 반입을 하는데 라면가게 점주 이하타가 작업복 차림으로 나타났다.

"하마자키 씨, 이번 일요일에 에비스에 올 수 있나. 이거."

이하타는 농구에서 슈팅을 하는 듯한 동작을 하며 말했다.

"이거. 아……."

미쓰오는 뭔지 잘 몰랐지만 이하타의 흉내를 냈다.

"아, 잘하네. 훌륭한 폼이야. 잘 부탁하네."

이하타는 그렇게 말하고 가게 안으로 돌아갔다.

똑같은 동작을 반복하면서 미쓰오는 "농구인가" 하고 중얼거렸다.

"어, 아와오도리(축제에서 추는 전통춤 – 옮긴이)인 줄 알았네."
시마무라도 따라서 흉내를 낸다.

"에이, 아무리 그래도 아와오도리에 부르지는 않겠죠. ……아니, 가능한가. 아니, 불가능한가."

미쓰오는 밑도 끝도 없이 고민했다.

"하마사키 씨, 기침 멈췄네."

"아……."

* * *

"감기가 아니었어. 감기가 아니었어."

기분이 좋아져 집에 돌아오니 유카가 몸져누워 있다. 집에 있던 체온계를 보니 열이 40도에 육박했다.

미쓰오는 마스크를 끼고 엉거주춤한 자세로 "괜찮아?"라며 침실 문틈으로 안을 들여다보았다.

"걱정하는 것처럼 보이지 않거든."

"생강즙 마실래?"

"레드벨벳케이크."

"응?"

"베스킨라빈스의 레드벨벳케이크."

"벌써 문 닫았어."

"그럼 됐어."

유카는 그렇게 말하고 "내일…… 가게. 야하기 씨가 오전에 못 오셔"라며 열로 빨갛게 달아오른 얼굴로 가게 걱정을 했다.

"어쩌지? 나도 쉴 수 없는데."

"가게를 닫을 수는 없어."

"하지만 열이 내리지 않으면…… 좀 생각해볼게."

문을 닫고 거실로 돌아가자 유카의 스마트폰이 울렸다.

"전화 오는데?"

침실로 가져가면서 별 생각 없이 시선을 떨어뜨린다. 화면에는 '하쓰시마 준노스케'라고 떠 있다.

* * *

이튿날 아침 준노스케가 가게에 왔다. 20대 초반의 가벼워 보이는 남자다. 준노스케를 한 번 본 미쓰오는 그렇게 느꼈다. 미쓰오는 준노스케에게 가게를 보는 방법을 설명했다.

"잘 들으세요. 얼룩과 헤진 곳, 찢어졌거나 떨어진 단추가 없는지, 주머니 안도 꼼꼼하게 확인하세요. 잘못하면 클레임이 발생하니 주의해요."

"네."

"그리고 맡은 제품은 이 봉지에 일반 옷, 드라이 옷, 와이셔츠로 나눠서…… 아니지. 그 전에 그러니까, 어, 테이프를……."

"태그요?"

"그거. 먼저 셔츠 위에서 두 번째 단추 부분에 다는 건…… 어, 그러니까."

"행거 보관."

"그거. 그리고 밑에서 두 번째 단추 부분에 다는 건……."

"개서 보관."

"그거. 어떻게 알아?"

"예전에 세탁소에서 아르바이트했어요."

"아, 그래. 아, 그렇구나."

그런 건 빨리 말해. 미쓰오는 속으로 울컥했다.

"유카 씨, 괜찮으세요?"

"유카 씨. 유카 씨는 괜찮습니다."

"지금 열 몇 도예요?"

"몇 도인지는 프라이버시라서요. 생판 남이 걱정할 정도의 일은 아닙니다."

"아, 이거."

준노스케는 보냉백을 내밀었다.

"뭐예요?"

"레드벨벳케이크요."

"……아, 그래요."

미쓰오는 2층으로 올라가 유카에게 보냉백을 건네고 나가면서 말했다.

"무슨 일 있으면 바로 연락해."

"괜찮아, 곤란할 때는 저 애한테 부탁할 테니까."

"……뭐 먹고 싶은 거 있어?"

"이게 먹고 싶었어."

유카는 준노스케가 사다 준 아이스크림을 맛나게 먹었다.

* * *

밤에 미쓰오가 양손에 슈퍼 봉지를 들고 돌아오니 준노스케가 가게에서 사다리 위에 올라 천장 부근에 망치로 못을 탕탕 박고 있었다.

"잠깐만. 잠깐 자네, 무슨 짓이야!"

미쓰오가 허둥지둥 말리려 했다.

"아, 어서 오세요. 간판이 약간 기울어져 있어서 보강해뒀어
요."

준노스케가 태연히 대답했다.

"얘가 전부 해줘서 아주 도움이 됐어요."

오후부터 나온 야하기가 말한다. 보니까 카운터 위를 말끔히
치웠고 전표도 깨끗하게 정리했다.

"……어서 영양가 있는 음식을 먹여야지."

미쓰오는 재빨리 집으로 돌아가려 했다. 그러자 준노스케가
클리닝한 미쓰오의 양복과 셔츠를 들고 따라온다.

"아, 여기까지면 됩니다."

"안까지 옮겨드릴게요."

"아니, 괜찮아요. 직접 할게요."

"네, 그럼……." 짐을 두면서도 준노스케는 안쪽 상황이 꽤나
신경 쓰이는 눈치다.

"……수고가 많았습니다."

"아, 아뇨."

빨리 돌아갔으면 하는 미쓰오는 현관에 우뚝 서 있었다.

"아." 미쓰오가 중얼거린다.

"네?"

"아, 아니, 바이크 괜찮을까 해서요."

"잠가놨어요."

"아—. 하하."

미쓰오가 무미건조한 웃음소리를 내자 준노스케도 "하하" 하고 부자연스럽게 웃는다. 그러자 미쓰오가 현관문을 열면서 말했다.

"아, 이렇게 엽니다."

"아, 네. 그럼 이만······."

"잘 가요."

"네, 실례했습니다."

준노스케가 나가려는데 담요를 두른 유카가 얼굴을 내밀었다.

"끝났어?"

"아, 유카 씨, 열은 어때요?"

"꽤 떨어졌어. 뭐해, 얼른 들어와. 저녁 먹고 갈 거지?"

"엇, 그래도 돼요?"

준노스케는 눈을 반짝였다.

"그야." 유카가 미쓰오를 쳐다보았다.

"당연하죠. 먹고 갈 거죠? 지금 그러자고 했잖습니까."

미쓰오가 어색한 미소를 지었다.

* * *

미쓰오는 부엌에서 채소를 썰면서 두 사람의 상황이 신경 쓰여서 견딜 수 없었다. 식탁에서는 준노스케가 만두를 빚으면서 유카와 대화를 나누고 있다.

"나카메구로라니 진짜 부러워요."

"그럼 여기에 살아."

유카가 무책임한 소리를 한다.

"진짜요? 가족이 다 올 거예요. 동생들이랑 아버지도 흔쾌히 살 겁니다."

그 소리를 듣던 미쓰오의 칼질 속도가 빨라진다.

"사양 말고 맥주 마셔."

유카가 준노스케에게 권한다.

"아뇨, 바이크 타고 왔어요."

"두고 가면 되잖아. 내일 또 와."

"그러네요. 잘 마시겠습니다."

또다시 미쓰오의 칼질 속도가 올라갔다.

"만두 잘 빚네."

"자주 들어요. 일본 제일 아니냐고요."

만두라면 나도 자신 있다. 미쓰오는 형용할 수 없는 응어리를 쏟아붓듯 채소를 썰고 난 도마를 부엌칼로 계속 두드렸다.

* * *

저녁은 만두전골이었다. 다 함께 냄비를 둘러싸고 먹기 시작했지만 당연하게도 대화는 흥이 나지 않았다.

"쉬는 날에는 뭐하세요?"

준노스케가 묻지만 미쓰오는 무시했다.

"쉬는 날에 뭐하냐잖아."

유카가 통역하듯이 사이에 낀다.

"아, 저 말입니까. 쉬는 날은 그날 그때에 따라 다릅니다. 매번 똑같은 일을 반복하는 사람은 없으니까요."

미쓰오가 퉁명스럽게 대답했다. "그러네요. 죄송합니다." 준노스케가 대답하고 다시 침묵이 흐른다.

"두 사람 뭐 공통 취미 같은 거 없을까."

유카가 두 사람의 얼굴을 번갈아 본다.

"아, 저는 음악을 자주 들어요. EXILE(일본의 댄스&보컬 그룹 - 옮긴이)이라든지."

준노스케가 명랑하게 말한다.

"그런 게 있나요?"

미쓰오는 대화를 이어나갈 의지가 전혀 없었다.

"알잖아."

유카는 어이없다는 듯이 미쓰오를 보았다.

"알기는 알지."

"별로 안 들으세요?"

"별로 안 듣습니다."

"듣는 편이 좋아요. 에너지 충전이 되거든요."

"에너지 충전이 되나요. 흐음."

미쓰오는 삐딱한 태도를 유지하며 대꾸했다.

"괜찮으시면 다음에 CD 전부 가져올게요."

"전부라. 몇 장이 되려나. 놓을 곳이 있으려나."

"왜 말하는 게 그따위야?"

미쓰오의 말투를 유카가 비난했다.

"네? 저는 그냥 놓을 자리에 대해 말했을 뿐인데요."

그래도 미쓰오는 자신의 페이스를 무너뜨리려 하지 않는다.

"그리고 펑몽도 듣습니다."

준노스케는 호응이 나쁜 미쓰오에게도 구김살이 없다.

"펑몽."

"펑키 몽키 베이비즈(두 명의 보컬과 한 명의 DJ로 이루어진 일본
의 그룹 - 옮긴이)요."

"펑키 몽키 베이비즈. 소름 끼치게 멋진 이름이군요."

입으로는 그렇게 말하면서 미쓰오는 전혀 흥미가 없어 보였다.

"하마사키 씨의 CD도 빌려주세요. 교환해서 들어요."

준노스케도 자신의 페이스를 줄기차게 밀어붙인다.

"좋네요. 제 CD도 펑키 몽키 베이비즈처럼 마음에 드시면 좋
겠군요."

미쓰오의 발언에 울컥한 유카가 말했다.

"사람한테는 저마다 취미가 있어."

"응? 지금 음악을 통해 교류하고 있었는데?"

딴청을 부리며 미쓰오가 말했다.

"만화도 봅니다."

"아, 다음은 만화 얘기가 나올 거라고 생각했습니다."

"오래된 만화도 읽어요. 초등학생 때 농구를 해서 《슬램덩크》 같은 것도요. 명대사 잔뜩 있죠. 그거요, 안 선생님 대사 아시죠?"

"포기하면 바로 그때 시합은 끝나는 거야."

유카가 말하고 "맞아요, 그거. 멋지죠"라며 준노스케가 의기투합한다.

"그런가. 그 말 자주 하는데, 그런다고 시합은 종료되지 않아. 시간이 정해져 있으니까."

미쓰오는 유카에게 말했다. "그런 소리 하려면" 하고 말을 하려는 유카에게 끝까지 말할 틈을 주지 않고 떠들었다.

"오히려 포기하고 또 포기해도 끝나지 않아. 포기하고 완전히 포기해도 뭣 하나 끝나지 않아."

"그런가요. 전 단순해서 그런 데 금방 감동해버리거든요."

준노스케가 말한다.

"그게 보통이야. 이 사람이 지나치게 비뚤어졌을 뿐이고."

유카의 말에 미쓰오는 흥이 식은 미소를 지었다.

"하마사키 씨처럼 머리 좋은 사람이 부러워요."

"이런 건 머리 좋다고 안 해."

미쓰오는 표정을 바꾸지 않았다.

"이것저것 많이 알 것 같고." 그렇게 말하는 준노스케에게 유카는 "머리가 클 뿐이지"라며 반론했다.

"정말로 부럽습니다."

그렇게 직접적으로 말하는 준노스케에게 유카가 말한다.

"너는 이대로가 좋아. 솔직하고 올곧게 살아가는 사람이 주변을 행복하게 하니까. 머리가 좋다거나 지식이 많은 것보다 남에게 기운을 줄 수 있는 쪽이 훨씬 가치가 있어."

"그런가요……."

"그래. 그 말은 맞아. 그러는 편이 가치가 있지. 옳은 말이야."

조금 전까지의 태도와는 달리 미쓰오도 유카의 말에 순순히 동의했다.

"고맙습니다. 만두, 마늘을 넣어서 맛있네요."

준노스케는 기뻐 보였다.

"맛있지? 이 사람이 만드는 만두는 진짜 맛있어."

"만두의 겉모습은 번데기를 닮았죠."

미쓰오는 젓가락을 내려놓고 말했다.

"번데기는 그 껍데기 안에서 유충에서 나비가 됩니다. 안에서 일단 수프 상태가 되는 거예요. 한번 흐물흐물한 액체가 되어서 그 안에서 나비로 변하는 겁니다."

그 이야기로 있던 식욕도 완전히 사라져 두 사람은 젓가락질을 멈췄다. 미쓰오는 일어나서 자신의 앞접시와 젓가락을 주방으로 가져간다.

"와아! 굉장하네요. 그렇습니까. 하나 배웠습니다."

준노스케가 분위기를 풀려고 밝은 목소리로 말했다.

"난 방으로 돌아갈 테니 느긋하게 놀다 가세요. 아, 죽을 만들 때는 반드시 불을 끄고 나서 계란을 넣어주세요."

* * *

열은 꽤 내렸다. 유카가 안도의 한숨을 쉬었을 때 미쓰오가 안쪽 다용도실에서 나왔다.

"설거지 다 했네."

"준노스케가 했어. 인사 전해달래."

"아, 그래. 잠깐 조느라 배웅을 못했네. 그 남자 마음이 넓고 훌륭한 사람이더군. 아주 좋아."

"뭐가?"

미쓰오의 상태가 어딘지 불안정하고 침착하지 못하다.

"응? 응, 굉장히 남자답고 밝고 성실해 보이고 상냥해 보이고 아이들도 좋아할 것 같아."

"그래?"

"취미도 일반적이야. 좋은 뜻으로 한 소리야. 그 사람이랑 함께 있으면 아주 즐거워져."

"그래."

"응, 좋지 않을까."

"뭐가?"

"상대로서."

"좋다고 봐?"

"그렇다고 봅니다. 무척 잘 어울리십니다."

"흐응."

"아, 그렇지. 한마디할 걸 그랬네. 이 여자를 잘 부탁드립니다."

"그러네."

"다음에 CD를 가져왔을 때 말해 볼까. 펑키하고 몽키하고 베이비즈한 느낌으로."

유카는 쓴웃음을 지었다.

"축하해." 미쓰오가 어색한 미소를 지으며 바라본다.

"고마워." 대답한 유카는 애달픔이 뒤섞인 표정이다.

"그럼 목욕물 데우고 올까."

미쓰오는 체온계 눈금을 흘끔 확인하고 욕실로 갔다.

* * *

아침에 미쓰오가 메구로 강가를 걷는데 또다시 아카리가 반대편에서 달려왔다. 아카리는 인사만 하고 그대로 지나치려 했다.

"······저기요!"

미쓰오가 부르자 아카리는 제자리걸음을 하며 돌아본다.

"아니······ 저, 잘 지내시나요?"

"네, 보시는 것처럼요."

"뭐하시는 겁니까?"

"조깅이요."

"괜찮으세요?"

"뭐가 말이죠?"

"조깅을 다 하고."

"하마사키 씨한테는 조깅이 이상한 행동일지도 모르겠네요."

아카리는 곤란한 듯이 웃었다.

"죄송합니다. 하지만 남편분도 보이지 않고, 무슨 일이 있었나 해서요."

"……하마사키 씨, 예전에 이런 말을 한 적이 있어요."

"네?"

"남이 잘 지내는지 꼬치꼬치 캐묻는 사람이 성가시다고. 기운 없이 지내는 게 기본인 인간도 있다고요. 적당히 기운 없이 잘살고 있으니 활기찬 게 당연한 것처럼 말하지 말라고 예전에 말씀 하셨죠."

"기억나지 않지만 제가 했을 법한 말이네요."

"잘 다녀오세요!"

더 이상 할 말이 없다는 것처럼 인사하고 아카리는 상쾌하게 달린다. 미쓰오는 그 모습을 멍하니 지켜보았다.

* * *

열이 완전히 내린 유카가 개점 준비로 가게의 입간판을 내놓고 있는데 준노스케가 전날 두고 돌아간 바이크를 찾으러 왔다.

"안녕. 어제는 고마웠어. ……어, 어제랑 똑같은 옷이잖아."

"아, 그 뒤에 그대로 편의점 아르바이트를 하러 갔어요."

"밤새? 그 뒤로 안 잤어?"

"괜찮습니다."

"그리고 바이크 타면 못써."

집으로 돌아가겠다는 준노스케에게 유카는 위에 집에서 자고 가라고 했다.

"오, 딱 맞네."

미쓰오의 파자마를 꺼내 준노스케에게 입히니 딱 맞는다.

"하마사키 씨가 화내실 거예요."

"괜찮아, 내가 선물한 잠옷이니까."

"더 화내실 겁니다." 준노스케가 걱정했다.

"선물은 헤어진 순간에 누구에게 받았는지 알 수 없어지니까."

"여자만 그래요."

"안색이 안 좋아. 어서 자."

개점 준비 때문에 나가려는데 준노스케가 "유카 씨" 하고 불러 세웠다.

"정말로 이제 하마사키 씨랑 아무 관계도 아니죠?"

"응? 메구로 구청에 가서 호적 열람해봐."

"호적 말고 유카 씨 마음이 알고 싶은데요……."

불쑥 그런 소리를 해서 심장이 쿵 한다.

"나, 냄새 나지 않아? 어제부터 목욕하지 않았어. 좀 맡아 봐."

유카가 얼버무리듯이 말하자 준노스케가 유카의 겨드랑이에 얼굴을 들이댄다.

"겨드랑이 말고. 샤워할게. 여기 열면 죽여 버릴 거야."

유카가 준노스케의 얼굴을 때리고 욕실로 직행했다.

* * *

미쓰오는 영업처 자판기 반입을 마치고 시마무라와 트럭 안에서 도시락을 먹었다.

"잘 지내시나요."

미쓰오는 오늘 아침 아카리와의 대화를 떠올리며 툭 내뱉었다.

"잘 지내지." 시마무라가 그 말에 대답했다.

"네? 아……."

시마무라의 목소리로 미쓰오는 자신이 무의식중에 중얼거린 사실을 깨달았다.

그때 미쓰오의 스마트폰에 착신 알림이 울린다. 나나의 메시지다. '잘 지내세요? 식사하자는 약속 기억하세요?'라며 귀여운 이모티콘과 함께 적혀 있다.

미쓰오가 답장을 하려 할 때 시마무라가 물었다.

"이게 뭔지 알았어?"

이거, 하며 농구 슈팅 같은, 아와오도리 같은…… 몸짓을 한다.

"아뇨."

"생각해 봤는데, 이거 이 손은 잡고 있어."

"잡고 있다. 뭘 잡고 있죠?"

"암벽이야. 암벽 등반하는 거 있잖아, 그거야."

그런 말을 남기고 시마무라는 빈 컵을 들고 트럭 바깥으로 나갔다. 미쓰오는 얼이 빠져서 나나에게 보내는 답장 화면에 '암벽 암벽암벽암벽암벽암벽암벽' 하고 적고 있었다.

* * *

"유카야?"

아이코가 유카에게 줄 음식을 들고 미쓰오의 집을 찾았다. 감기에 걸렸다기에 찬합에 요리를 담아 가져온 것이다. 인기척이 없어 자나 싶어 침실 문을 열자 침대가 봉긋하다.

자는구나. 유카를 깨우지 않으려고 돌아가려 했을 때 이불이 꿈틀대더니 털이 난 다리가 보였다. 응? 미쓰오가 자는 걸까?

"미쓰오. 너 회사는 어쩌고? 미쓰오?"

이불을 들추자 젊은 남자가 침을 흘리며 정신없이 자고 있다. 한동안 그 모습을 지켜보던 아이코는 조심히 인사하고 침실을 나왔다.

이게 대체 어찌 된 일일까. 거실에서 생각하는데 욕실에서 노랫소리가 들렸다.

"♪그 애는 그 애는 귀여운 연하남 훠어 외로움을 많이 타고 훠어 건방지고 훠어 얄밉지만 훠어 좋아해."

머리카락을 털면서 나온 유카는 아이코의 모습을 보고 멈춰 섰다.

"……훠어."

유카는 굳어 버렸다.

"⋯⋯어, 침실은 보셨을까요?"

"봤다."

"무엇이 있었을까요?"

"연하남이 있더구나."

아이코가 대답했다.

"아⋯⋯ 그게 그러니까 말이죠⋯⋯."

하필이면 그때 침실에서 준노스케가 나왔다. 아이코의 뒤에
서 있는 준노스케의 파자마가 상당히 벌어졌다.

"⋯⋯할머니, 지금 돌아보지 마세요."

"방해를 했구나."

아이코는 유카에게 고개를 숙이더니 가져온 찬합 꾸러미를 들
고 서둘러 나갔다.

* * *

미쓰오는 약속대로 나나와 식사를 하기 위해 시부야에 왔다.
미야시타 공원 한쪽에는 거대한 벽이 있고 젊은 사람들부터 초등
학생 정도의 아이들까지 손과 발만으로 벽을 탔다. 인공암벽의
일종으로 누구나 볼더링을 할 수 있는 시설이다.

생글생글 웃는 나나의 옆에서 미쓰오가 질색하며 벽을 올려다
본다.

"아, 진짜로 절대 무리, 절대 무리예요."

"괜찮아요, 로프도 있고."

"아뇨, 저런 거, 저런 거는 안 됩니다."

도망치듯이 그 자리를 떠나 근처 벤치에 앉았다. 나나도 미쓰오 옆에 앉는다. 볼더링을 하는 청년들을 올려다보면서 문득 떠오른 것을 나나에게 물었다.

"……기운 없을 때나 고민이 있을 때는 어떻게 할까요?"

"보통 친구한테 상담하죠."

"아, 그런 건가요, 이야기를 들어주기만 해도 마음이 풀어진다는. 괜히 상담을 들어준 쪽이 어설프게 충고하면 오히려 화가 난다는, 그런 거."

"누가 화냈었나요?"

나나의 물음에는 대답하지 않고 미쓰오가 말을 이었다.

"그럼 애초에 저한테 상담 같은 거 안 하는 게 나았을 텐데 말이죠. 전 그런 쪽의 치유에 있어서는 효과적인 인간이 아니니까."

"성가시네요."

"압니다."

"그보다 자기 스스로가 성가시지 않으세요?"

미쓰오는 진지한 얼굴로 나나를 바라보았다.

"솔직히 성가십니다. 유치원 때 처음 자신을 성가시다고 생각했습니다. 이래저래 사반세기가 흘렀으니 새삼 고쳐지지는 않겠죠……."

"그대로도 괜찮지 않을까요. 저는 하마사키 씨의 그런 성가신

부분을 좋아해요."

미쓰오가 자조적인 미소를 짓자 나나는 다시 한번 "좋아해요"
라고 반복했다.

"뭐 먹을까요." 미쓰오는 그렇게 말하고 멍한 채 걷는다.

"……하마사키 씨, 누구를 위로하고 싶으세요?"

나나가 물었지만 여전히 넋이 나가 있었다. 생각에 잠겨 걷다
가 불쑥 정신을 차리니 주변은 러브호텔 거리였다.

"……아닙니다!" 미쓰오가 허둥대며 말했다.

"네?"

"그냥 아무렇게나 걷다가 여기에 온 겁니다. 절대로 이리로 오
려고, 이렇게 돌면 여기가 나온다거나, 그런 의도가 있었던 건 아
닙니다. 자자 얼른 말없이 지나가죠."

"지나가지 말고 들어가도 돼요."

나나의 말을 어떻게 받아들이면 좋을지 몰라서 미쓰오는 허허
하고 웃었다.

"저는 아까 고백한 거거든요. 어떠세요?"

아까 고백? 받았나? 기억이 없는데…….

"……생각해보겠습니다."

일단 보류한다.

"거부하시는 건가요?"

"……생각해보겠습니다."

"영화를 보거나 책을 읽고 감상을 물으면 생각하게 만드는 작

품이었다고 하는 사람이 있죠. 하지만 실제로 생각하는 사람은
없지 않나요?"

"아……."

"아까부터 다른 사람 생각하셨죠?"

"어, 아, 아니……."

"알겠어요. 라면 먹고 돌아가요."

나나는 성큼성큼 걸었다. 어, 어…… 미쓰오가 뒤따라갈지 말
지 망설이자 맞은편에서 커플이 걸어왔다. 남자는 료였다.

* * *

몇 분 뒤 미쓰오는 어째서인지 료와 아키라고 자신을 소개한
여성과 셋이서 패밀리레스토랑에 있었다. 각자 주문하고 다시 침
착하게 마주 본다.

미쓰오가 료에게 말을 꺼냈다.

"혼인신고서는 어쨌습니까? 저한테 보증인을 부탁하셨죠."

"아…… 죄송합니다."

"죄송합니다가 아니라."

"미안합니다."

"아니, 죄송합니다를 미안합니다로 바꾸라는 말이 아니라."

"사정이 생겨서 제출하지 않기로 했어요."

"사정이라니 뭡니까?"

미쓰오는 반사적으로 아키를 보고 말았다.

"제 잘못이에요."

"오해하고 계실 것 같지만 아까는 호텔에 있던 게 아니에요. 그저 지나갔을 뿐이죠."

미쓰오의 시선에 아키가 대답한다.

"하지만 그런 종류의 관계이긴 하시군요."

"어쩌시려고 그런 질문을 하시죠?"

아키가 도리어 미쓰오에게 묻는다.

"바람은 나쁜 일이잖아요."

"남자 주제에 시시한 소리를 하는군요."

"어, 딱히. 딱히 전⋯⋯."

미쓰오가 문득 보니 료는 등받이에 몸을 기대고 목이 꺾일 것 같은 자세를 하고 있다. 잠든 모양이다.

"피곤하겠죠. 어제랑 오늘 학교 소파에서 선잠을 잤대요."

아키가 료를 바라보면서 말했다.

"당신 말고 다른 여자 집이었을지도 모릅니다."

미쓰오의 그런 야유에도 아키는 똑 부러진 말투로 대답했다.

"부인이랑 싸운 뒤에도 여기서 만났어요. 제 방으로 불렀죠. 하지만 거절했어요. 그때 시오미 씨 얘기를 했어요."

"시오미 씨요⋯⋯?"

"고등학교 동창인데 옛날에 같이 도망친 적이 있대요."

"⋯⋯네?"

미쓰오는 료를 보았다. 미간을 찌푸린 잠든 얼굴은 고뇌하는 것처럼 보였다.

* * *

"아마도 시오미는…… 누구든 상관없었겠지. 상대가 꼭 내가
아니더라도. 시오미는 도망치고 싶었던 거야."

료는 아키에게 이야기했다. 아키는 무엇에서 도망치고 싶었는
지 물었다.

"요시카와 선생님. 담임 교사였어. 서른두 살. 시오미랑 사귀
었지. 난 시오미를 계속 좋아하고 있었어. 그래서 처음 그 얘기를
듣고는, 이상한 사진을 찍히기도 했고, 두들겨 맞은 적도 있다는
얘기를 듣고 나한테 같이 도망쳐달라고 해서 기뻤어, 지켜야겠다
고 생각했어."

"……응."

"둘이서 침대열차를 타고 가는데 눈이 점점 내리고, 즐거웠어.
시오미랑 함께라 흥분되기도 했고, 나는 삿포로에 도착하면 바로
결혼하고 싶었지만, 여자는 열여섯 살이면 결혼할 수 있어도 남
자는 열여덟 살이 되어야 한다는 법이 있으니까, 내년에 내가 열
여덟 살이 되면 결혼하자고, 창밖의 눈을 보면서 시오미에게 얘
기했더니 기쁘다면서 울며 고맙다고 했어."

"응……."

"하지만 결혼은 하지 않겠대."

뭐……? 아키가 료의 얼굴을 쳐다봤지만 료는 부자연스러울

정도로 담담한 말투로 이야기했다.

"내가 무슨 일이든 하겠다, 시오미만을 평생 사랑하고 목숨 바쳐 행복하게 해주겠다, 그러니까 결혼하자고 했어. 그랬더니 시오미는 우에하라는 좋은 사람이고 고맙지만, 결혼은 안 된대. 결혼은 안 할 거래. 이유를 물으니 자기는 우에하라로는 부족하다는 거야. 부족하대. 지금은 괴로워서 헤어지기로 했지만 선생님만 좋아한다고, 결혼도 선생님하고만 해야 한다고."

"너무해……."

"내가 멋대로 착각했을 뿐이니까."

료는 자조하듯 웃으며 고개를 저었다.

"너를 이용한 거잖아."

"하지만 결국 잘 풀리지 않았어. 시오미의 부모님이 경찰에 수색 요청을 하는 바람에 삿포로 호텔에서 붙잡히며 사흘 만에 사랑의 도피는 끝. 요시카와 선생님 일도 들켜서 선생님은 징계면직, 시오미는 퇴학, 학교에는 나만 남았어."

"그랬구나……."

"그래서 부족한 건 뭘까. 나한테는 뭐가 부족했을까 생각하다가…… 요시카와 선생님이 미술 교사였으니까……."

"설마 그래서 미대에 들어간 거라고? 그런 이유로 진로를 결정한 거야? 아니 그런 꼴을 당했는데 그녀를 포기하지 못했던 거야?"

"결국 시오미는 스무 살 때 결혼했어."

"요시카와……."

선생님과?라고 아키가 묻기 전에 료가 고개를 가로저었다.

"나랑 동갑내기인 전혀 다른 남자랑."

"……그게 너의 트라우마야?"

쑥스러워하며 미소를 짓더니 고개를 젓는다.

"이따금 생각해. 시오미랑 결혼했다면, 약속했던 대로 시오미만 좋아했을지도 모른다고. 그랬을 나 자신은, 그런 세계에 있는 나는 아마 무척 행복했을 거라고."

* * *

아키가 해 준 이야기를 미쓰오는 묵묵히 들었다. 료는 여전히 졸고 있었다.

"어떤 사람은 당근을 싫어하고, 어떤 사람은 술을 못 마시고, 또 어떤 사람은 개를 좋아하지 않죠. 이 사람은 행복해지는 걸 못해요. 행복을 바라기가 무서운 거죠. 미래에 무언가 따뜻한 것이 있다고 상상할 때마다, 부서지는 순간이 머릿속에 떠올라버리는 거예요. 불안해지는 거죠."

"우에하라 씨가 그렇게 말했습니까?"

"제 상상이에요."

"그래서 바람을 피운다? 그렇다고 해서 곁에 있는 여자를 상처 줘도 되나요?"

"그게 안 된다는 것쯤 그도 알아요. 머리로는 알지만 행동으로는 안 되는 거예요. 타인과의 관계를 유지하지 못하는 거죠. 그런 게 인간 아닌가요?"

아키의 말은 미쓰오의 마음에 묘하게 깊숙이 들어와서는 쿵 하고 떨어졌다.

"제가 할 말은 아니지만요."

아키가 자조하듯이 웃었을 때 "음식 나왔습니다"라며 종업원이 요리를 가져왔다.

"료, 밥 나왔어."

아키가 료의 어깨를 만진다. 그 손짓이 무척 다정했다.

"아, 응…… 아, 잠들었네."

"우에하라 씨."

미쓰오가 료를 똑바로 바라보았다.

"어쩌실 생각입니까. 아내분…… 곤노 씨랑."

"헤어질 수 없습니다."

그렇게 대답하고 나서 료는 "곤노가 아닙니다. 우에하라예요"라며 미쓰오가 고쳐서 말한 성을 다시 고쳤다.

"곤노 씨 충격에, 너무나 큰 충격을 받고 조깅하고 있다고요."

미쓰오는 료에게 호소하듯이 말했다.

* * *

미쓰오와 료가 나카메구로로 돌아가 다리 위에 서 있는데 아카리가 장바구니를 들고 돌아왔다.

"……안녕하세요."

아카리는 료를 보지 않고 미쓰오에게 인사하고 지나쳤다. 료는 그저 우두커니 서 있다. 미쓰오는 안타까워져서 아카리를 쫓았다.

"곤노 씨! 하고 싶은 이야기가…… 있다고, 우에하라 씨가."

미쓰오가 료를 가리키자 돌아본 아카리는 한숨을 쉬었다.

* * *

미쓰오가 두 사람을 데리고 집으로 돌아가니, 유카가 미쓰오의 얼굴을 보자마자 할 말이 있다고 입을 열었다.

"할머니한테 들었는데…… 뭐, 됐어, 나중에 얘기할게."

유카는 부엌에서 안주와 캔 맥주를 들고 거실로 간다.

"뭐야……."

미쓰오도 잔을 들고 거실로 가서 아카리와 료에게 앉으라고 재촉했다. 두 사람은 서로의 얼굴을 외면하며 거리를 두고 앉았다. 그 모습을 본 유카는 묵묵히 잔을 늘어놓았다. 미쓰오가 잔에 맥주를 따랐다.

"……그거 말이야."

침묵을 견디지 못한 유카가 입을 연다.

"뭐?"

미쓰오의 목소리에 세 사람이 움찔했다.

"죄송합니다. 저도 모르게 목소리가 커졌습니다……."

이제 이렇게 된 거 에라 모르겠다, "건배!" 하고 미쓰오가 잔을 들고 일어났지만 아무도 호응하지 않았다. 아카리는 벌써 첫 잔을 비우고는 스스로 따르고는 다음 잔도 바로 비웠다. "따라드릴까요?" 미쓰오의 말을 듣고서야 혼자 따라 마시기를 멈추었다.

"아, 그렇지. 이거 드실래요, 연어포. 연어포 드신 적 있으세요? 맛있어요."

유카가 봉지에 쌓인 먼지를 털면서 열려는 것을 미쓰오가 서둘러 말렸다.

"잠깐만. 그런 게 우리 집에 있었나…… 2011년 10월 3일…… 유통기한이 일 년 반이나 지났잖아."

"……말린 건데, 뭘."

"18개월이야, 건강하지 않은 햄스터면 생을 다했을 기간이라고."

"……맛있어."

유카는 직접 한 입 먹고 나서 "드세요"라며 두 사람에게 권했다.

"아니, 손님한테 뭘 권하는 거야."

연어포를 드는 아카리를 보고 미쓰오는 "그만두세요"라고 허겁지겁 말렸다.

"……아, 맛있어요."

그 얘기를 들은 료도 먹기 시작했다.

"우에하라 씨. 저, 세 명은 구급차로 못 싣고 갑니다."

세 사람은 미쓰오의 만류에도 연어포를 안주로 맥주를 마셨다.

"어, 뭐지, 이 화적떼 같은 무리는. 뭐든 다 드세요?"

"시끄러워. 싫으면 안 먹으면 되잖아."

유카가 말한다.

"안 먹습니다. 안 먹지만요. 보세요, 흘렸잖아, 밑에 보시라고
요."

"닦으면 되잖아?"

유카는 휴지를 뽑았다.

"지금 이만큼 닦는데 휴지 두 장이 필요한가."

"성가시네."

말한 사람은 아카리다.

"그렇죠, 성가셔요."

유카가 아카리와 서로 고개를 끄덕인다.

"응? 잠깐만, 이봐요, 우에하라 씨, 지금 제가 댁 사모님께 성
가시다는 말을 들었는데요."

"아, 지금 그럴 상황이 아니라서요."

료는 전혀 상관하려 하지 않았다.

"그럴 상황이 아니니까 중요한 부분이죠."

"시끄럽네."

결국 료한테까지 한소리 듣고 말았다.

"그렇죠, 시끄럽죠."

유카는 기고만장한 표정을 지었다.

"지금 쟁점이 그건가? 지금 우에하라 씨네 이야기를 하기 위해

서, 지금 내가 여기에 말이지, 지금."

"하마사키 씨랑은 관계없지 않나요."

아카리가 말한다.

"취했어요?"

"아, 나왔다. 여자가 진심을 말하면 취했다고 하기."

유카의 말에 미쓰오는 그런 게 아니라고 반론했다.

"저희는 이미 얘기 끝났어요."

아카리가 뿌리치듯이 말했다.

"아니, 끝나지 않았어."

료가 아카리의 발언에 놀라 반박한다.

"아, 보세요, 보라고, 그렇죠, 그런 이야기 자리죠? 자, 이야기를 나눕시다."

미쓰오는 기회를 잡은 듯 이야기를 유도하려 했다.

"이쪽 집안 일은 이쪽 일이니까 당신이랑 관계없잖아."

"관계없다는 소리만 하다가는 이 사회가 무너지지. 우에하라 씨 사모님이……."

유카와 미쓰오가 말다툼하는데 "곤노입니다"라고 아카리가 끼어들고 "우에하라입니다"라고 료가 다시 정정했다.

"……씨가 이런 상황이 되었는데."

미쓰오는 하는 수 없이 불명확하게 말하는 쪽을 택했다.

"이런 상황이라니?"

화제의 초점이 된 아카리 자신이 미쓰오에게 물었다.

"조깅 같은 걸 하고 있어요."

"그건 당신이란 사전 안에는 조깅이란 단어가 없는 것뿐이잖아."

유카가 옆에서 미쓰오에게 반론했다.

"그 얘긴 나도 했어요."

아카리도 유카와 결탁해서 거든다.

"기운이 없으니까 기운 있는 척하는 거야. 병든 도시인이 조깅을 하는 거라고."

"병든 도시인은 자기잖아."

"곤노 씨는 조깅 같은 거 하는 사람이 아니고, 방에서 책을 읽는 타입이야."

"편견이에요. 저도 남들과 똑같아요. 무엇보다 끝난 일이고요."

아카리는 딱 잘라 말했다. 거기에 료가 반론한다.

"끝나지 않았어."

"끝났습니다."

아카리는 료의 말을 그 자리에서 부정하고 눈을 내리깔았다.

"마음대로 결정하지 마."

"두 사람 일이니까 한쪽이 정하면 그걸로 결정 난 거라고 생각해."

"나는 헤어질 생각 없어."

"무슨 말을 하는 거지. 결혼하지도 않았으면서."

아카리와 료가 다투자 미쓰오와 유카는 안타까운 심정이었다.

"어쩔 거야? 이게 당신이 바라던 상황이야?"

유카가 미쓰오를 쳐다본다. 미쓰오는 "아니……"라며 말문이 막혔다.

"난장판이 될 거야."

유카가 미쓰오에게 속삭였다.

"우리 집에서? 좀 냉정하게……."

미쓰오는 필사로 두 사람을 달래려고 했다.

"돌아갈게요."

아카리가 일어나자 "그럼 나도" 하고 료도 따랐다.

"어디로?"

"집에."

료가 대답하자 아카리가 다시 앉는다.

"왜."

"이야기하고 싶으니까."

아카리의 물음에 대답하고 서 있던 료도 앉았다. 미쓰오와 유카는 둘을 번갈아 보며 바쁘게 시선을 움직였다.

"이제 와서 무슨 이야기를 하려는 걸까."

"미안."

"사과한다고 끝날 일도 아니고."

"그럼 어떻게 하면 돼?"

"어떻게 하면 되는 게 아니라 아무것도 하지 않아도 돼. 당신이랑 이야기하고 싶지도 않고, 이런, 그래, 이런 사람 집에서 할 이야기도 아닌걸."

"그럼 집으로 돌아가자."

"돌아갈 거야, 돌아간다고. 나 혼자서."

일어나려던 아카리의 팔을 료가 붙잡는다.

"만지지 말라고 했잖아!"

아카리는 그 팔을 강하게 뿌리쳤다. 미쓰오와 유카는 이제 어쩔 수 없이 고개를 숙이고 있었다.

"다른 사람 만진 손으로 만지지 마."

"만지지 않았어."

"어제는? 그저께는? 어디에 있었어?"

"학교에서 잤어."

"그런 변명 신물 나."

"정말이야. 하마사키 씨, 아시죠?"

"엇, 저요?"

갑자기 이야기가 돌아와 미쓰오는 흠칫했다.

"이야기는 들었지만……. 아니, 아, 하지만 그런 걸 신경 쓰는 건 아직 마음이 있다는 뜻이죠."

미쓰오의 말에 "그건 아니지 않아?"라며 어째서인지 유카가 옆에서 부정했다.

"그런 거 아니에요. 흐름상 그런 이야기가 되었을 뿐이에요."

아카리도 유카에게 동의하고 자신의 잔에 맥주를 따르려 했지만 이미 빈 캔이었다.

"아, 제가 가져올게요."

미쓰오가 일어나려 했으나 아카리가 "됐어요"라며 말렸다.

"나는 마실래."

유카가 휙 일어나 냉장고로 가면서 말했다.

"그게 그렇지 않나요? 남편분이 먼저 왜 혼인신고서를 제출하지 않았는지 확실히 해주지 않으면 곤란하지 않을까요."

유카의 말에 아카리가 고개를 끄덕였다.

"근본적인 문제로 배신해버리면 뭘 해도 소용없잖아요."

다시 한번 아카리가 고개를 끄덕였다. 유카는 새로운 캔 맥주를 들고 돌아와 아카리와 자기 잔에만 따랐다. 그리고 료 쪽으로 몸을 돌렸다.

"왜 그러셨어요?"

"왜 그랬냐면……."

료는 시선을 피하고는 미쓰오의 잔에 맥주를 따르려고 했다. 하지만 유카는 눈을 피하지 않고 "왜 그랬어요"라고 료를 압박했다.

"네……."

"네가 아니라 왜 그랬냐고요."

"딱히 생각하지 않아서."

"네? 아무 생각 없이 결혼하자고 했다가, 아무 생각 없이 사기 쳤다?"

"죄송합니다."

"죄송합니다가 아니라."

료는 "미안합니다"라고 사과만 하고 그 이상 말하려 하지 않았다.

"아니, 죄송합니다를 미안합니다로 바꾸라고 한 게 아니잖아요."

유카가 더욱 혹독하게 추궁했다.

"저기, 이쪽 가족 일은 이쪽 일이니까 당신이랑 관계없잖아."

미쓰오가 중재하듯이 유카와 료 사이에 끼어들자 아카리가 째려본다.

"본인 입으로 얘기하라고 하세요. 하마사키 씨는 옛날부터 그랬잖아요."

"예, 옛날? 아, 그때?"

아카리가 과거 이야기를 꺼내서 미쓰오는 허둥대고 만다.

"어쩔 셈이에요?"

유카와 아카리가 동시에 말했다. 유카는 료에게 아카리는 미쓰오에게 따졌다.

"아니, 그러니까 남자한테는 남자 나름의 사정이 있다고 할까."

미쓰오가 말을 쥐어짜냈다.

"뭐라고? 왜 갑자기 편을 나누지? 저쪽 편이야?"

료를 추궁하던 유카가 이번에는 미쓰오에게 덤볐다.

"남자한테 결혼은 무덤이라고들 하잖아."

"무덤?" 미쓰오의 말을 따라하며 아카리가 코웃음을 쳤다.

"좀 겁이 나기도 하고, 우리가 미래에도 관계를 유지할 수 있을까 같은……."

미쓰오는 어떻게든 이 상황을 수습하려고 했지만······.

"차라리 죽지 그래?"

쌀쌀맞은 목소리의 아카리 말에 미쓰오는 콜록콜록 기침했다.

"헤어지길 잘했어."

연타를 날리듯 유카가 딱 잘라 말해서 기침이 더욱 심해졌다.

"나도 지금 이 자리를 원만하게 수습하려고······."

"됐어."

그렇게 말하더니 아카리는 잔에 조금 남은 맥주를 목으로 넘 겼다. 료가 다시 허둥댄다.

"아니, 미안, 제대로 설명할게······."

"너는 사과하지 않아도 돼. 그럼 내가 사과할게. 미안. 미안합 니다. 헤어져주세요. 료는 내가 하는 부탁 한 번도 거절한 적 없 지. 헤어져주세요. 부탁드립니다."

"······싫습니다."

"헤어져주세요."

"싫습니다."

아카리와 료는 몇 번이고 똑같은 말을 반복했다. 그러다 갑자 기 료가 주변을 둘러보더니 미쓰오가 분재를 다듬을 때 쓰는 원 예 가위를 발견하고는 재빨리 쥐었다.

"우에하라 씨?!"

심상치 않은 분위기에 미쓰오가 소리쳤다. 료는 원예가위를 아카리 앞에 내려놓았다.

"다음에 바람피우면 내 거기를 잘라."

헉. 미쓰오와 유카는 흠칫 놀라 료를 보았지만 아카리는 말없이 원예가위를 바라보았다.

"잘라도 되니까 헤어지지 말자."

"……이제 와서 다음에 바람피우면 어쩌고 하는 이야기가 아니야."

"알아. 알지만. 이번에야말로……."

"그럼 지금 자를래. 지금 자르고 싶은데, 지금 잘라도 돼?"

아카리가 료를 강렬한 시선으로 노려본다. 료는 순간 움찔했다가 다시 고개를 쳐들었다. 그러고는 허리띠를 풀고는 "좋아, 잘라"라며 바지를 내린다.

"그럼 자를래."

아카리는 료를 노려보면서 원예가위를 들었다.

"안 돼! 안 돼, 안 돼, 안 돼!"

유카가 아카리에게 덤벼들어 원예가위를 빼앗아 미쓰오에게 건넸다. 미쓰오는 어쩔 줄 몰라 하면서도 가위를 서랍에 집어 넣었다.

"이런 건 하지 말죠."

유카가 아카리에게 진정하라는 듯이 말했다.

"아프기도 하고."

미쓰오도 거들려고 한마디 더했다.

"아니야. 그런 물건 자른 정도의 아픔으로 얼버무릴 수 있다고 생각하면 큰 착각이야."

유카가 미쓰오의 말을 단호하게 부정했다.

"아니, 꽤 아플 거야."

"곤노 씨는 더 아팠어. 더 슬펐어."

유카의 말에 "네" 하고 료는 기특하게 고개를 끄덕였다.

"별로 슬프지 않아."

아카리가 무덤덤한 미소를 지었다.

"슬픈 게 아니야. 괴로운 것도 아니야. 졌으니까."

어? 미쓰오도 유카도 료도 아카리를 바라보았다.

"그만 바람피우라든가 그만 거짓말하라든가, 지는 쪽은 옳은 소리만 하며 나무라게 돼. 옳은 소리밖에 하지 못해. 옳은 소리밖에 하지 못하면 자신이 바보 같아져."

무슨 말인지 알겠다는 듯 고개를 끄덕이는 유카에게 미쓰오는 저도 모르게 "무슨 소리를 하는 거야?"라고 물었다.

"바보 같고 부끄럽고 당연한 소리를 하는 자신이 우스워지는 거야. 남자는, 당신들은 어린애니까. 남자가 어린애니까 여자는 이렇게 되는 거야. 아내는 결국 악처가 되든 울기만 하는 아내가 되든 둘 중 하나밖에 없어."

유카의 말 한마디 한마디에 아카리가 고개를 끄덕였다.

"바보 같아. 부부 같은 건 애들 소꿉놀이만도 못해."

유카가 매서운 표정으로 단언했다.

"응, 결혼 따위 하니까 이렇게 되는 거야. 혼자 태어나서 혼자

살면 돼."

아카리도 확신에 찬 목소리로 말한다.

미쓰오는 유카와 아카리를 번갈아 보았다. 료는 어쩌고 있나 보니 고개를 푹 떨구고 있다.

"다들 혼자야."

유카가 말하고 아카리와 둘이서 자포자기한 듯한 미소를 지었다.

"안 돼. 그런 소리를 하면 안 되지."

미쓰오는 불쑥 말했다.

"무슨 소리를 하는 거야? 당신도 전부터……"

유카의 말은 아랑곳 않고 미쓰오가 이야기를 계속했다.

"그런 소리 하면, 그런 소리를 하면 여기에 있는 사람 아무도 행복해질 수 없잖아? 그러면, 그래서는…… 펑키하고 몽키한 패밀리즈가 될 수 없어!"

무언가를 필사로 호소하려는 미쓰오를 세 사람은 어이없는 눈길로 바라보았다.

최고의 이혼 ①

2018년 10월 25일 초판 1쇄 발행

지은이 사카모토 유지, 모모세 시노부

펴낸이 김상현, 최세현
마케팅 김명래, 권금숙, 심규완, 양봉호, 임지윤,
　　　　최의범, 조히라

펴낸곳 박하
주소 경기도 파주시 회동길 174 파주출판도시
팩스 031-960-4806

ⓒ 사카모토 유지, 모모세 시노부
(저작권자와 맺은 특약에 따라 검인을 생략합니다)

ISBN 978-89-6570-698-4 (04830)
ISBN 978-89-6570-700-4 (세트)

박하는 (주)쌤앤파커스의 브랜드입니다.

책임편집 이기웅, 김새미나, 김사라
경영지원 김현우, 강신우
해외기획 우정민

출판신고 2016년 5월 20일 제406-2016-000066호
전화 031-960-4800
이메일 info@smpk.kr